THE PENELOPIAD
by Margaret Atwood

Copyright ⓒ O.W. Toad Ltd., 2005
All rights reserved.

Korean Translation Copyright ⓒ Munhakdongne Publishing Corp., 2024
Korean translation rights arranged with Canongate Books Limited
through EYA Co., Ltd.

이 책의 한국어판 저작권은 EYA Co., Ltd.를 통해
Canongate Books Limited와 독점 계약한 (주)문학동네에 있습니다.
저작권법에 의해 한국 내에서 보호를 받는 저작물이므로
무단 전재 및 무단 복제를 금합니다.

페넬로피아드

마거릿 애트우드 장편소설
김진준 옮김

문학동네

The Penelopiad

나의 가족에게

차례

머리말 11

제1장 ○ 천박한 재간 14
제2장 ○ 줄넘기 노래 19
제3장 ○ 나의 어린 시절 22
제4장 ○ 아이들의 한탄 28
제5장 ○ 아스포델 31
제6장 ○ 나의 결혼식 40
제7장 ○ 흉터 57
제8장 ○ 이 몸이 공주라면 70
제9장 ○ 믿음직스러운 수다쟁이 73
제10장 ○ 텔레마코스의 탄생 84
제11장 ○ 내 인생을 망친 헬레네 89
제12장 ○ 기다림 99
제13장 ○ 꾀바르신 선장님 112
제14장 ○ 구혼자들은 배불리 먹고 마시며 117
제15장 ○ 수의 127

제16장 ○ 악몽 138
제17장 ○ 꿈속의 뱃놀이 143
제18장 ○ 헬레네의 소식 146
제19장 ○ 환호성 154
제20장 ○ 중상모략 161
제21장 ○ 페넬로페의 위기 165
제22장 ○ 헬레네의 목욕 171
제23장 ○ 시녀들의 죽음 175
제24장 ○ 인류학 강의 181
제25장 ○ 냉정한 마음 187
제26장 ○ 오디세우스의 재판 193
제27장 ○ 명부의 생활 204
제28장 ○ 우리는 당신 뒤를 따르렵니다 211
제29장 ○ 맺음말 214

작가의 말 217
감사의 말 219
옮긴이의 말 221

"……빈틈없는 오디세우스! ……그토록 덕성스러운 아내를 맞이하다니, 그대는 정말 행운아요! 이카리오스의 딸, 그대의 흠잡을 데 없는 아내 페넬로페는 얼마나 정숙했던가! 젊은 시절 보았던 지아비의 기억을 얼마나 소중히 간직했던가! 그 눈부신 미덕은 세월이 지나도 바래지 않을 터, 불멸의 신들도 열녀 페넬로페를 기리는 아름다운 노래를 지어 인간에게 두루 들려주시리다."

—『오디세이아』 제24권 (191~194)

……그는 배에서 쓰는 굵은 밧줄을 집어들더니 한쪽 끝을 주랑 현관의 기둥 꼭대기에 묶고 반대 끝은 둥근 정자 너머로 던져 여자들의 발이 땅에 닿지 못하도록 높이 비끄러맸다. 그리하여 덫에 걸린 개똥지빠귀나 비둘기처럼 그들은 저마다 목에 올가미를 단단히 휘감은 채 머리를 나란히 하고 한 줄로 매달려 비참한 최후를 맞이하였다. 잠시 그들의 발이 움찔거렸으나 오래가지 않았다.

—『오디세이아』 제22권 (470~473)

일러두기

1. 주석은 모두 옮긴이주다.
2. 본문 중 고딕체는 원서에서 이탤릭체로 강조한 부분이다.

머리말

 오디세우스가 고향 이타케 왕국을 떠났다가 이십 년 만에 돌아오는 이야기는 무엇보다 호메로스의 『오디세이아』를 통해 널리 알려졌다. 오디세우스는 트로이아 전쟁에 참전해 싸우며 그 기간의 절반을 보냈고, 나머지 절반은 고향으로 돌아오려고 에게해를 이리저리 떠돌며 보냈다고 한다. 그 과정에서 갖은 고난을 견뎌냈고, 괴물을 물리치거나 따돌렸고, 여신과 동침하기도 했다. '꾀바른 오디세우스'라는 인물 성격에 대해서는 현재까지 여러 견해가 있었다. 그는 구변 좋은 거짓말쟁이에 변장의 명수로도 유명했다―작전과 계략을 잘 꾸미고 임기응변에 능하지만 때로는 영리함이 지나쳐 스스로에게 해가 되는 남자. 오디세우스의 수호신은 그의 뛰어난 지혜를 어여삐 여긴 팔라스 아테나*였다.

『오디세이아』는 페넬로페─스파르타의 왕 이카리오스의 딸이자 트로이아의 미녀 헬레네의 사촌─를 정숙한 아내의 전형으로 묘사한다. 그녀는 지성과 정절로 유명한 여인이다. 페넬로페는 오디세우스가 돌아오기를 기다리며 비탄에 잠겨 기도나 하는 정도에 그치지 않고 수많은 구혼자를 슬기롭게 속여넘겼다. 그들은 페넬로페가 사는 왕궁으로 몰려와 오디세우스의 재산을 야금야금 축내며 자기들 중 한 명과 결혼할 수밖에 없도록 그녀를 몰아세웠다. 그러나 페넬로페는 거짓 약속으로 구혼자들을 구슬렸고, 낮에는 수의를 짜다가 밤이면 도로 풀어버리며 수의가 완성될 때까지 결혼 결정을 미뤘다. 『오디세이아』는 그녀가 십대인 아들 텔레마코스 때문에 겪은 어려움에 대해서도 말한다. 텔레마코스는 성가시고 험악한 구혼자들과 맞서 싸우려 했을 뿐만 아니라 어머니인 페넬로페에게까지 반항했다. 『오디세이

---

* 지혜, 예술, 전쟁의 여신.

아』는 오디세우스와 텔레마코스가 구혼자들을 몰살하고 그들과 동침했던 열두 시녀를 교수형에 처한 후 오디세우스와 페넬로페가 재회하는 장면으로 끝을 맺는다.

그러나 이 이야기가 호메로스의 『오디세이아』에만 나오지는 않는다. 신화는 원래 구전되었으며 지역에 따라 내용이 다르다. 동일한 신화가 한 지역에서는 이렇게 전해지지만 다른 지역에서는 전혀 다르게 전해졌다. 이 책에서 나는 『오디세이아』이외의 자료도 더러 끌어다 썼다. 특히 페넬로페의 부모, 그녀의 어린 시절, 결혼 그리고 그녀를 둘러싼 남부끄러운 소문 등이 여기에 해당된다.

나는 교수형을 당한 열두 명의 시녀와 페넬로페에게 화자의 역할을 맡겼다. 시녀들은 주로 『오디세이아』를 정독하고 나면 자연히 떠오르는 두 가지 의문에 대해 노래하거나 낭송한다. 시녀들이 교살된 까닭은 무엇인가? 페넬로페의 진짜 속마음은 어땠을까? 『오디세이아』에 실린 이야기는 물샐틈없이 논리정연하지 않다. 앞뒤가 안 맞는 부분이 너무 많다. 나는 교살당한 시녀들을 줄곧 잊을 수 없었는데, 『페넬로피아드』에 등장하는 페넬로페도 그들을 잊지 못해 괴로워한다.

제1장

천박한 재간

나는 죽고 나서 다 알게 되었다. 내가 바라던 바다. 그러나 다른 수많은 소원처럼 이 소원도 결국 이뤄지지 않았다. 내가 알게 된 거라곤 예전에 미처 몰랐던 몇 가지 시시한 애깃거리뿐이다. 두말할 것도 없이, 호기심을 만족시키기 위해 죽어야 한다면 대가치곤 너무 값비싸다.

죽은 다음에—다시 말해 이렇게 뼈도 없고 입술도 없고 젖가슴도 없어진 뒤에—나는 창가에서 남의 말을 엿듣거나 남의 편지를 뜯어본 사람처럼, 차라리 몰랐으면 좋았을 일들을 괜스레 알게 되었다. 여러분은 혹시 남의 마음을 읽을 수 있으면 좋겠다고 생각하는가? 천만의 말씀이다.

이곳으로 내려오는 사람은 모두 자루를 하나씩 가져오는데, 바람을 가둬두는 자루와 비슷하게 생겼지만 그 속에는 말이 가득 들었다. 그 사람이 했던 말, 그 사람이 들었던 말, 그 사람을 두고 남들이 주고받은 말. 어떤 자루는 아주 작고 어떤 자루는 크다. 내 자루는 적당한 크기였다. 그러나 그 속에 든 말 중 상당수가 유명인사인 내 남편과 관련된 내용이었다. 어떤 이들은 그이가 나를 감쪽같이 속였다고 했다. 남을 속이는 일이 그이의 특기였다. 그이는 온갖 사건을 벌이고도 무사히 빠져나갔다. 요리조리 빠져나가는 일, 그것도 그이의 특기였다.

그이는 원래 말주변이 좋았다. 그래서 여러 사건에 대해 그가 하는 이야기를 진실이라고 믿는 사람이 많았다. 물론 살인 몇 번, 남자를 꾀는 미녀 몇 명, 외눈박이 괴물 몇 마리쯤은 더러 보태거나 빠뜨렸을지도 모르지만. 나조차 가끔은 그이의 말을 곧이곧대로 믿었다. 그이가 속임수와 거짓말에 능하다는 사실은 알았지만, 설마 나한테까지 속임수를 쓰고 거짓말을 할 줄은 몰랐기 때문이다. 나는 그이를 위해 정절을 지키지 않았던가? 온갖—강요에 가까운—유혹에도 아랑곳없이 그이를 마냥 기다리고 또 기다리지 않았던가? 그런데 이야기의 공식 판본이 널리 알려지자 결국 내 꼴이 뭐가 되었나? 교훈적 전설. 여자들을 매질할 때 써먹는 회초리. 어째서 너희는 페넬로페처럼 사려 깊고 믿음직스럽고 참을성 많은 여자가 못 되느냐? 그게 정해진 대사였다. 가객도 그랬고 이야기꾼도 그랬다. **제발 나처럼 살지 마요!** 나는 여러분의 귀에 대고 이렇게 외치고 싶다―그래, 바로 당신에게! 하지만 소리를 지르려고 하면 번번이 올빼미 울음소리만 나온다.

물론 나도 그이의 교활함, 약삭빠름, 간사함, 그의―뭐랄까―파렴치함을 어렴풋이 짐작은 했지만 일부러 모르는 체했다. 입을 꾹 다물었다. 아니, 오히려 입만 열면 소리 높여 그이를 칭송했다. 그이를 반박하지도 않고, 난처한 질문을 던지지도 않고, 깊이 캐지도 않았다. 그 시절의 나는 해피엔딩을 원했고, 해피엔딩을 맞이하려면 열지 말아야 할 문을 잘 닫아걸고 난장판이 이어지는 동안 잠이나 자두는 게 상책이었다.

그러나 굵직굵직한 사건이 다 지나가고 모든 것이 평범해져 더이상 전설거리가 되지 못하자, 나는 수많은 사람이 등뒤에서 나를 비웃는다는 사실을 알게 되었다. 그들은 나에 대한 우스갯소리를 주고받으며 킬킬거렸다. 추잡한 농담이든 건전한 농담이든 가리지 않았다. 그들은 나를 하나의 이야깃거리로, 아니 여러 개의 이야깃거리로 전락시켰다. 그중 내 마음에 드는 이야기는 하나도 없었다. 그처럼 치욕적인 소문이 전 세계 방방곡곡으로 삽시간에 퍼져나갈 때 한 여자가 뭘 할 수 있을까? 그럴 때 항변하면 오히려 죄인처럼 보이기 마련이다. 그래서 나는 좀더 기다렸다.

다른 사람들이 모두 지쳐버린 지금, 이번엔 내가 간략하게나마 이야기를 할 차례다. 나 자신을 위해서라도 꼭 해야 할 이야기다. 이렇게 말문을 열기까지는 상당한 노력이 필요했다. 이야기를 지어내는 건 천박한 재간이다. 늙은 여자, 떠돌이 걸인, 눈먼 가객, 시녀, 어린애—시간이 남아도는 사람들이나 좋아하는 일이다. 예전에 내가 이렇게 음유시인 흉내를 내려 했다면 다들 비웃었겠지만—귀족이나 왕족이 어설프게 예술에 손대는 것처럼 꼴사나운 일도 없다—요즘 시대에 누가 남들의 평판 따위를 신경쓰나? 게다가 여기 있는 사람들의 의견은 그림자들의 의견, 메아리들의 의견일 뿐이다. 그러니까 이제 나도 내 이야기를 시작해볼까 한다.

그런데 곤란한 건 내게 말할 수 있는 입이 없다는 점

이다. 여러분의 세상, 즉 육신이 있고 혓바닥과 손가락이 있는 세상에 내 생각을 전할 방법이 없다. 그리고 대개의 경우 여러분이 사는 강 건너편에는 내 말을 듣는 사람이 없다. 간혹 이상한 속삭임이나 가느다란 음성을 듣는 사람이 있더라도 내 말을 알아듣지 못하고 마른 갈대를 바스락거리며 지나가는 바람이겠거니, 해질녘 날아다니는 박쥐겠거니, 또는 그저 나쁜 꿈이겠거니 하며 지나쳐버린다.

그러나 나는 늘 의지가 강했다. 그래서 고집불통이라는 소리도 들었다. 무슨 일이든 끝장을 봐야 직성이 풀린다.

제2장

줄넘기 노래

코러스라인 · 동요

우리는 시녀들

당신이 죽여버린 여자들

당신이 저버린 여자들

맨발을 움찔거리며

허공에서 춤추었네

너무너무 억울했네

당신은 여기저기 돌아다니며

여신도 여왕도 암캐도 안 가리고

원 없이 욕정을 채웠으면서

당신에 비하면 우리 잘못은
정말이지 아무것도 아니었는데
당신은 참 모질게도 심판하셨지

당신은 창을
당신은 말을
마음껏 휘둘렀고

우리는 죽어버린
연인들의 피를 닦아야 했네
방바닥에서, 의자에서

계단에서, 문짝에서
흥건한 물속에 무릎을 꿇고
당신이 우리 맨발을

지켜보는 앞에서.
너무너무 억울했네
당신은 우리의 공포를 핥으며

즐거워하고
손을 들어올리며
떨어져내리는 우리를 구경하셨지

우리는 허공에서 춤추었네
당신이 저버린 여자들
당신이 죽여버린 여자들

제3장

나의 어린 시절

어디서부터 시작할까? 방법은 둘뿐이다. 처음부터 시작하든가, 처음부터 시작하지 않든가. 진정한 처음은 우주의 기원이겠지. 모든 일이 그때부터 하나둘씩 꼬리를 물고 일어났으니까. 그러나 그 문제에 대해서는 워낙 의견이 분분하니 나 자신의 탄생에서 시작하기로 하자.

내 아버지는 스파르타의 이카리오스 왕이었다. 어머니는 나이아스*였다. 그 시절에는 나이아스가 낳은 딸이 발길에 차일 만큼 많았다. 도처에 우글거렸다고 해

---

* 강, 호수, 샘 등을 다스리는 물의 요정.

도 과언이 아니다. 어쨌거나 부모 중의 한쪽이 신성神性을 가진 존재라는 것은 결코 손해볼 일이 아니다. 적어도 당장은 손해나지 않는다.

내가 아주 어렸을 때 아버지가 나를 바다에 던져버리라고 명하신 적이 있다. 살아생전에는 그 이유를 잘 몰랐는데, 이제 와 생각해보니 아버지가 어느 신관에게서 내가 당신의 수의를 짜게 되리라는 말을 들었던 게 아닌가 싶다. 아버지는 나를 먼저 죽여버리면 내가 수의를 짜는 일도 없을 테니 당신이 영원히 살 수 있을 거라 믿었는지도 모르겠다. 어떤 논리에서 그런 생각이 나왔는지 알 만하다. 그게 사실이라면 아버지가 나를 익사시키려 했던 일도 스스로를 지키려는 열망이었으니 충분히 이해할 수 있다. 문제는 아버지가 말을 잘못 알아들었다는 사실이다. 어쩌면 신관이 잘못 들었는지도 모르는데—신들은 종종 말을 얼버무리니까—아무튼 문제의 그 수의는 아버지가 아니라 시아버지 것이었다. 만약 신탁의 내용이 그것이었다면 정확히 들어맞은 셈인데, 그 수의는 생전의 나에게 아주 요긴한 핑곗거리가 되어줬다.

요즘은 젊은 여자들에게 공예를 가르치는 유행이 한

물간 듯한데 다행히 내가 살았던 시절엔 달랐다. 손을 놀려 뭔가를 한다는 건 대단히 유익한 일이다. 누군가 못마땅한 말을 할 때는 그저 못 들은 체하면 그만이다. 굳이 대꾸할 필요가 없다.

그러나 수의에 관한 신탁이라는 이 발상은 전혀 근거 없는 것일 수도 있다. 그저 스스로 위안 삼으려고 내가 지어낸 이야기일지도 모른다. 어두운 동굴 속에서 혹은 풀밭에서 속닥거리는 소리가 끊임없이 들려온다. 때로는 도대체 어느 것이 남들의 속삭임이고 어느 것이 내 머릿속에서 들려오는 소리인지 구분이 되지 않는다. 물론 이 머리라는 말은 비유적 표현이다. 명부에 내려온 우리에게는 머리라는 게 없다.

어쨌든—나는 바다에 던져졌다. 그때 내게 덮쳐오던 파도를 기억하느냐고? 숨이 콱 막히는 느낌과 익사자들이 듣는다는 종소리를 기억하느냐고? 아무것도 기억나지 않는다. 그러나 나중에 그 이야기를 들었다. 어딜 가나 입이 가벼운 사람이 하나쯤은 있기 마련이다. 본인은 기억나지도 않을 만큼 어렸을 때 부모가 얼마나 끔찍한 짓을 저질렀는지 아이에게 미주알고주알 들려주는 하인이나 종이나 늙은 유모 등등. 그렇게 실망스러운 일화를 전해들은 일은 아버지와 나의 관계에 전혀 보탬이 되지 않았다. 바로 그 사건 때문에—아니, 그 사건을 알게 되었기 때문에—나는 속마음을 감추고 남을 믿지 못하게 되었다.

어쨌거나 아버지 이카리오스가 나이아스의 딸을 익사시키려 하다니 한심한 짓이었다. 물은 우리의 고향이며 우리의 천성이다. 어머니만큼 헤엄을 잘 치지는 못해도 그냥 물에 떠 있는 정도는 얼마든지 할 수 있고, 물고기나 바닷새와도 사이가 좋다. 그래서 자주색 줄무늬를 가진 오리가 떼로 몰려와 나를 해변에 끌어다놓았다. 그런 징조를 보았으니 아버지인들 별수 있나? 나를 도로 데려다놓고 새로운 이름을 붙여줬다—내 별명은 오리 아가씨였다. 아버지는 당신이 저지를 뻔했던 일에 죄책감을 느낀 것이 틀림없다. 그후로 나에게 지나치다 싶을 정도의 애정을 보여줬으니까.

나로서는 그 애정을 애정으로 보답하기 힘들었다. 여러분도 한번 상상해보라. 누가 봐도 나를 사랑하는 게 분명한 아버지와 손을 잡고 낭떠러지나 강변이나 성벽 위를 거닐 때마다 혹시 나를 확 밀어버리거나 돌로 쳐

죽이지나 않을까 하는 생각이 문득문득 떠오른다면? 이런 상황에서 평온한 표정을 유지하기란 쉬운 일이 아니다. 그런 나들이에서 돌아오면 나는 곧바로 내 방에 틀어박혀 펑펑 울었다. (이쯤에서 밝혀두는 것이 좋겠는데, 나이아스가 낳은 아이들은 눈물이 너무 많아서 탈이다. 살아생전에 나는 적어도 인생의 4분의 1을 눈이 빠지도록 울며 보냈다. 다행히 그 시절에는 베일이라는 것이 있어 벌겋게 부어오른 눈을 감추기에 제격이었다.)

나이아스들이 다 그렇듯이, 어머니 역시 아름다웠지만 마음은 얼음처럼 차가웠다. 파도치는 듯한 머릿결, 두 뺨의 보조개, 잔물결 같은 웃음소리. 좀처럼 붙잡을 수 없는 존재이기도 했다. 어렸을 때 어머니를 자주 껴안으려 해봤지만 그때마다 미끄러지듯 요리조리 빠져나갔다. 나는 그 오리떼를 어머니가 보내줬다고 상상하곤 했지만 사실은 아니었을 것이다. 어머니는 어린애를 돌보는 일보다 강에서 헤엄치기를 더 좋아했고, 내 존재 자체를 아예 잊어버리는 날도 많았다. 만약 아버지가 나를 바다에 던져버리라고 시킨 게 아니라면, 어머니가 멍하니 넋을 놓고 있다가 화가 나서 나를 물에 빠뜨렸을지도 모른다. 어머니는 한 가지 일에 오래 집중하지 못하고 감정 기복도 심했기 때문이다.

지금까지 내가 한 이야기로 미루어 여러분은 내가 일찍부터 자립심이라는 미덕을—그것도 미덕이라고 말할 수 있다면—지니게 되었음을 알아차렸을 것이다. 이 세상에서 살아가려면 스스로를 돌볼 수 있어야 한다는 걸 배웠다. 가족의 도움은 기대하기 어려웠으니까.

제4장

아이들의 한탄

코러스라인 · 비가

우리도 아이였다. 우리도 부모를 잘못 만났다. 가난한 부모, 종노릇하는 부모, 소작농 부모, 농노 부모. 우리는 그런 부모한테서 팔려왔거나 그런 부모한테서 유괴당했다. 우리 부모는 신도 아니고, 반신반인도 아니고, 요정이나 나이아스도 아니었다. 우리는 어릴 때부터 왕궁에서 일했다. 동틀녘부터 해질녘까지 쉴새없이 일했다. 울어도 눈물을 닦아주는 사람이 없었다. 잠을 자다가도 발길질에 눈을 비비며 일어나야 했다. 우리는 어미 없는 자식이라는 말을 들었다. 아비 없는 자식이라는 말도 들었다. 게으르다는 말을 들었다. 더럽다는 말도 들었다. 우리는 더러웠다. 더러움이 우리의 관심사였고, 더러움이 우리의 직무였고, 더러움이 우리의 특기였고, 더러움이 우리의 허물이었다. 우리는 더러운 계집애들이었다. 주인님이나 주인님의 아들, 손님으로 찾아온 귀족이나 그 귀족의 아들이 우리와 동침하고 싶어하면 절대 거부할 수 없었다. 울어도 헛일이었고, 아프다고 하소연해도 헛일이었다. 그 모든 일이 우리가 어렸을 때 일어났다. 우리 중에서 예쁘장한 애들은 더욱더 비참하게 살았다. 우리는 화려한 결혼 잔치를 위해 밀가루를 빻았고, 잔치가 끝난 뒤 남은 음식을 먹었다. 우리 때문에 결혼 잔치가 열리는 일도, 우리 때문에 값비싼 예물이 오가는 일도 절대로 없을 터였다. 우리 몸뚱이는 값어치가 별로 없었다. 그러나 우리도 노래하며 춤추고 싶었다, 우리도 행복해지고 싶었다. 나이가 들수록 우리는 닳고 닳아 약아졌고, 남몰래 비웃는 버릇도 생겼다. 어릴 때부터 엉덩이를 살랑살랑 흔들었고, 넌지시 곁눈질을 하거나 눈을 찡긋거리거나 눈썹을 씰룩거려 신호를 보냈다. 돼지우리 뒤에서 사내를 만났다. 귀족이든 천민이든 가리지 않았다. 짚더미 속에서, 진흙탕 속에서, 똥더미 속에서, 그리고 주인님을 위해 우리가 정돈해놓은 폭신폭신한 양털 침대 속에서 뒹굴었다. 우리는 술잔에 남은 포도주를 마셨다. 요리 접시에 침을 뱉었다. 환한 연회장과 컴컴한 주방 사이에서 훔친 살코기를 꾸역꾸역 입속에 밀어넣었다. 밤이 오면 다락방에서 함께 웃었다. 틈만 나면 뭐든지 낚아채야 했다.

제5장

아스포델

많은 이들의 말처럼 이곳은 어둡다. 사람들은 흔히 '암흑 같은 죽음'이라고 말한다. '음침한 명부'가 어쩌고 저쩌고. 그렇다, 여기는 정말 어둡다. 그러나 좋은 점도 있다. 가령 말을 섞기 싫은 사람을 만나더라도 그냥 못 본 체하면 그만이다.

물론 아스포델*이 피어나는 들판도 이곳의 장점 중 하나다. 원하면 언제든지 그 들판을 거닐 수 있는데, 가끔 맥빠진 춤을 추는 이들도 눈에 띈다. 그러나 말처럼

---

* 시들지 않는다는 저승의 꽃.

그렇게 멋진 곳은 아니다—아스포델이 피어나는 들판이라고 하면 제법 시적으로 들리지만, 한번 생각해보라. 아스포델, 아스포델, 아스포델—하얀 꽃이 예쁘장하긴 해도 좀 지나면 싫증이 나기 마련이다. 좀더 다채로웠다면 한결 나았을 텐데. 다양한 빛깔, 몇 갈래의 구불구불한 오솔길, 그리고 전망이 좋은 곳에는 돌 벤치며 분수대. 최소한 히아신스라도 한두 포기 있었으면 좋겠고, 거기에 군데군데 크로커스가 피어나길 바란다면 너무 큰 욕심일까? 그러나 이곳에는 봄도 없고, 여하간 계절이란 게 없다. 도대체 누가 이런 곳을 만들었는지 자못 궁금하다.

이곳에 먹을 거라곤 아스포델뿐이라는 사실을 말했던가?

그래도 불평할 처지가 아니다.

더 캄캄한 동굴들은 좀더 흥미롭다. 그곳에 가서 몇몇 조무래기 악당을 만나면 대화도 한층 더 재미있어진다. 소매치기, 증권중개인, 시시껄렁한 뚜쟁이 등등. 내숭 떠는 여자들이 흔히 그렇듯이 나도 옛날부터 그런 부류의 남자들에게 은근히 관심이 많았다.

그러나 아주 깊이 내려가야 하는 곳에는 나도 자주

드나들지 않는다. 그곳은 진짜 악당, 특히 생전에 죗값을 다 치르지 않은 자들이 벌을 받는 곳이다. 그들의 비명소리는 견딜 수 없이 끔찍하다. 물론 그곳의 고문은 정신적 고문이다. 우리에게는 육체가 없으니까. 신들이 가장 즐기는 고문은 커다란 접시에 가득 담긴 고기와 산더미 같은 빵과 포도송이 따위로 푸짐한 잔칫상을 차렸다가 도로 없애버리는 것이다. 가파른 산비탈 위로 무거운 바위를 굴리게 하는 장난도 즐긴다. 나는 이따금씩 그곳에 내려가보고 싶은 충동을 느낀다. 진짜 배고픔이 어땠는지, 진짜 피곤함이 어땠는지 생각해내는 데 도움이 되기 때문이다.

어쩌다 한 번씩 안개가 흩어지면 산 자들의 세상이 보이기도 한다. 더러운 창유리를 닦고 바깥을 내다보듯이. 가끔 울타리가 사라져 외출할 수 있을 때도 있다. 그러면 우리는 몹시 흥분해 꽥꽥 소리를 지른다.

그런 외출을 하는 데도 여러 방법이 있다. 이따금씩 우리의 조언을 듣고 싶어하는 사람들이 양이나 소나 돼지의 멱을 따고 땅에 파놓은 구덩이에 피를 받는다. 그러면 우리는 그 냄새를 맡고 시체에 모여드는 파리떼처럼 일제히 그곳으로 몰려간다. 돌개바람에 휘말린 거대한 휴지통 속 휴지처럼 수천의 영혼이 한자리에 모여 재잘재잘 떠들고 너울너울 날아다닌다. 이때 자칭 영웅이라는 어떤 작자가 칼을 썩 뽑아들고는 자기가 의논하고 싶은 상대가 나타날 때까지 우리 앞을 가로막는다.* 그에게 한두 마디 막연한 예언을 들려줘야 한다. 우리는 애매하게 말하는 편이 낫다는 것을 경험으로 알고 있다. 뭐하러 전부 말해주나? 사람들이 예언을 더 듣고 싶어하도록 만들어야 계속 양과 소와 돼지를 갖다바칠 텐데.

영웅에게 그렇게 적당히 몇 마디 해주고 나면 비로소 구덩이의 피를 마실 수 있는데, 이때의 식사예절에 대해서는 좋은 소리를 할 수가 없다. 밀치락달치락, 후루룩 쩝쩝, 한바탕 소란이 벌어져 사방으로 피가 튀고 턱주가리는 온통 피범벅이 된다. 그러나 더이상 있지도 않은 혈관에 잠시나마 다시 피가 흐르는 듯한 느낌은 정말이지 황홀하기 그지없다.

우리는 간혹 사람들의 꿈속에 나타날 수도 있지만

---

* 『오디세이아』에서 오디세우스도 테바이의 예언자 테이레시아스를 만나기 위해 다른 망령들을 물리쳤다.

이 경우에는 쾌감이 좀 덜하다. 땅에 제대로 묻히지 못하고 강 건너편에서 오도 가도 못하는 사람들도 있다. 그들은 이승도 저승도 아닌 곳에서 비참하게 배회하는데, 그러다 가끔씩 큰 말썽을 일으키기도 한다.

그리고 몇백 년 혹은 몇천 년이 지나면—우리에게는 시간이라는 것이 존재하지 않으므로 세월을 가늠하기가 쉽지 않다—관습도 차츰 달라진다. 산 자들이 하계로 내려오는 일이 드물어지고, 훨씬 굉장한 볼거리가 많아지는 바람에 우리가 있는 이곳은 상대적으로 초라해진다. 이글거리는 불구덩이, 울부짖는 비명소리, 빠득빠득 이를 가는 소리, 살을 파먹는 벌레, 쇠스랑을 든 악마—온갖 특수효과가 총동원된다.

그래도 여전히 우리를 찾는 마법사나 주술사가 간간이 있다—악마와 계약을 맺은 자들이다. 또 강령 모임의 회원이나 무당, 영매 따위의 어중이떠중이가 우리를 부르기도 한다. 하나같이 지극히 모욕적인 경험이지만—입을 헤벌리고 우리를 구경하고 싶어하는 자들이 있다는 이유만으로 분필로 그린 동그라미 속이나 벨벳으로 꾸민 응접실 같은 곳에 등장해줘야 하다니—우리가 '아직 살아 있는 사람들' 사이에서 무슨 일이 벌어지는지 알 수 있는 것은 바로 그런 자들 덕분이다. 예를 들자면 전구가 발명됐을 때, 20세기에 들어 질량과 에너지에 대한 이론이 속속 등장했을 때 나는 큰 흥미를 느꼈다. 좀더 최근에는 우리 중 몇몇이 오늘날 지구를 둘러싼 새로운 공중파 시스템에 침투해 여기저기 돌아다니기도 했다. 그들은 집집마다 신주 모시듯 하는 평평하고 빛나는 사각형 물건을 통해 바깥세상을 구경했다. 먼 옛날 신들이 순식간에 나타났다 사라질 수 있었던 것도 그런 물건을 사용한 덕분이었을 것이다.

마법사들이 나를 불러내는 경우는 지극히 드물다. 나도 꽤 유명한 여자였는데—아무나 붙잡고 물어보라—무슨 까닭인지 사람들은 좀처럼 나를 만나고 싶어하지 않는다. 반면에 사촌언니 헬레네는 아주 인기가 좋다. 나로서는 억울한 일이 아닐 수 없다. 나는 나쁜 짓으로 유명해진 여자도 아니고 특히 성적으로 문제를 일으킨 적도 없었지만 헬레네는 이래저래 악명이 높은 여자다. 물론 헬레네는 기막히게 아름답다. 알에서 태어났다는데, 백조로 둔갑한 제우스가 그녀의 어머니 레다를 겁탈해 잉태시킨 딸이기 때문이라고 한다. 헬레네는 그 이야기를 내세우며 자못 거드름을 피운다. 그러나 백조가 여자를 강간했다느니 하는 헛소리를 진짜로 믿는 사람이 과연 몇이나 있을까? 그 시절엔 그런 이야기가 아주 흔했다. 마치 신들이 하나같이 인간 여자에게 손이나 앞발이나 부리를 들이밀지 못해 안달이라도 난 듯이, 그래서 걸핏하면 이 여자 저 여자 마구 겁탈한다는 듯이.

어쨌든 마법사들은 헬레네를 만나고 싶어하고, 그녀도 기꺼이 그들의 소원을 들어준다. 아마 수많은 남자가 넋 놓고 그녀를 쳐다보던 옛 시절로 되돌아간 기분일 것이다. 헬레네는 트로이아 의상을 입고 나타나길 좋아하는데, 장식이 너무 화려해서 내 취향은 아니지만 다들 제멋에 사니까 남이 뭐랄 순 없다. 아무튼 그녀는 슬로모션으로 스르르 돌아선다. 그런 다음 고개를 살짝 기울이고 자신을 불러낸 사람의 얼굴을 슬쩍 쳐다보며 트레이드마크인 친밀한 미소를 던져 단숨에 상대를 사로잡는다. 혹은 노발대발한 남편 메넬라오스 앞에 나타났을 때와 똑같은 모습으로 등장하기도 한다. 트로이아가 불길에 휩싸인 후 메넬라오스가 그녀의 몸에 복수의 칼을 꽂으려는 순간이었다. 헬레네가 비할 바 없이 근사한 가슴 한쪽을 살짝 드러내자 그는 대번 무릎을 꿇고 침을 질질 흘리며 자기 품으로 돌아와달라고 애걸복걸했다.

나로 말하자면…… 글쎄, 사람들은 내게도 아름답다고 말해줬는데, 그야 내가 공주였고 머지않아 왕비가 되었으니 그렇게 말할 수밖에 없었겠지. 그러나 솔직히 나는 괴상하거나 추악하게 생기지 않았을 뿐, 미모가 남달리 빼어난 것은 아니다. 대신 영리했다. 시대를 감안한다면 대단히 영리했다고 말할 수도 있겠다. 내가 유명해진 것도 바로 그 때문이었던 것 같다. 영리한 여자라는 사실. 그리고 베짜기, 그리고 남편을 향한 일편단심, 그리고 명석한 판단력.

만약 여러분이 자신의 영혼을 위험에 내맡기고 사악한 짓을 일삼는 마법사라면, 과연 수백 명의 사내를 홀려 욕망에 몸부림치게 하고 큰 도시 하나를 송두리째 불타게 만들었던 여자를 마다하고 굳이 나처럼 베짜는 솜씨나 좀 쓸 만하고 허튼짓은 한 번도 하지 않았던 여자, 평범하게 생겼지만 영리한 아내였던 나 같은 여자를 불러내고 싶을까?

나라도 안 그러겠다.

헬레네는 한 번도 벌을 받지 않았다. 대체 이유가 뭔지 알고 싶다. 남들은 훨씬 더 가벼운 잘못을 저지르고도 바다뱀에 휘감겨 질식사하거나 폭풍우 속에서 익사하거나 거미로 변하거나 화살에 맞아 목숨을 잃었다. 이를테면 잡아먹지 말아야 할 소를 잡아먹었다든지, 교만하게 굴었다든지, 뭐 그런 사소한 잘못으로 말이다. 그런데 헬레네는 헤아릴 수 없을 만큼 많은 사람에게 고통과 피해를 주었으니, 최소한 몽둥이찜질이라도 한 번 야무지게 당했어야 마땅한데 전혀 그러지 않았다.

그렇다고 못마땅하다는 뜻은 아니다.

옛날에도 못마땅하게 여기지는 않았다.

살아생전에 나는 여러 일로 여념이 없었다.

그럼 이쯤에서 내 결혼식 이야기를 해야겠다.

제6장

나의 결혼식

나는 중매결혼을 했다. 당시로서는 당연한 일이었다. 결혼을 하려면 일단 준비가 필요했다. 신부의 예복이나 꽃, 연회, 음악 따위를 말하는 것이 아니다. 물론 우리 때도 그런 게 있었다. 누구에게나 필요한 것들이고, 지금도 마찬가지다. 내가 말하는 준비는 좀더 은밀한 것이다.

옛날에는 중요한 사람들만 결혼식을 올리는 것이 관례였다. 중요한 사람들만 유산을 물려받았기 때문이다. 나머지는 다양한 형태의 성관계를 맺을 뿐이었다—스스로 양치기라고 주장하는 신 혹은 스스로 신이라고 주장하는 양치기와 강간, 유혹, 연애, 하룻밤의 정사 등을 통해서 말이다. 왕비가 재미삼아 우유 짜는 하녀 흉내를 내듯이 간혹 여신이 유한한 생명을 가진 육신을 빌려 장난치는 일도 없진 않았지만, 그런 경우 남자가 얻는 대가는 때이른 죽음, 그것도 난폭하고 비참한 죽음인 경우가 대부분이었다. 신과 인간은 서로 어울릴 수 없는 관계였다. 불과 진흙 같은 사이였고, 이기는 쪽은 언제나 불이었다.

신들은 끔찍한 참극도 거리낌없이 자행했다. 사실은 즐겼다. 신과의 섹스를 감당하지 못한 남자나 여자의 눈알이 지글지글 타들어가는 모습을 보며 배를 쥐고 웃어댔다. 신들은 잔인하다는 점에서 어린애를 닮은 구석이 있다. 내가 감히 이런 말을 할 수 있는 것은 이미 육신을 벗어버렸기 때문이다. 이젠 그런 고통을 두려워할 필요가 없다. 그리고 어차피 신들은 내 말을 듣지 않는다. 내가 아는 한, 신들은 모두 잠들었다. 옛날과 달리 여러분이 사는 세상에서는 좀처럼 신을 만나볼 수 없다. 마약에 취해 해롱거리지 않는 한.

내가 어디까지 얘기했더라? 아, 그렇지, 결혼. 결혼이란 자식을 낳기 위한 것이었는데, 아이는 장난감이나 애완동물이 아니었다. 유산을 대대로 물려주기 위한 수단이었다. 이때 유산은 왕국일 수도 있고, 값비싼 결혼 예물이나 이런저런 이야기, 원한 혹은 피로 물든 가문 간의 싸움일 수도 있다. 아이를 매개로 동맹을 맺기도 했고, 아이를 매개로 원수를 갚기도 했다. 자식을 낳는다는 것은 곧 어떤 힘을 세상에 풀어놓는 일이었다.

만약 여러분에게 적이 있다면 그의 아들을 죽여버리는 것이 상책이다. 설령 그 아들이 갓난아기라고 하더라도. 그러지 않으면 그 아들이 자라서 여러분을 뒤쫓게 된다. 차마 죽일 수 없다면 신분을 속여 멀리 보내거나 노예로 팔아버릴 수도 있지만, 그가 살아 있는 한 위험은 사라지지 않는다.

만약 여러분에게 아들이 없고 딸만 있다면 그 딸을 키워 하루빨리 손자를 낳게 해야 한다. 식구 중에 칼잡이와 창잡이는 많을수록 좋았다. 우리 주변의 중요한 인물들은 한결같이 다른 왕이나 귀족을 습격해 사람이든 물건이든 닥치는 대로 빼앗으려고 호시탐탐 노렸다. 한 권력자의 약점은 다른 권력자에겐 기회였고, 따라서 모든 왕과 귀족은 최대한 많은 조력자를 만들어둘 필요가 있었다.

그런 판국이었으니 나이만 차면 곧바로 나를 결혼시

킬 준비가 시작되리라는 것은 두말하면 잔소리였다.

아버지 이카리오스 왕의 궁전에서는 귀족이나 왕족으로 태어난 여자가 이른바 결혼 적령기에 이르면 운동경기를 열어 신랑감을 정하는 오랜 관습을 여전히 따랐다. 시합의 승자가 여인을 차지해 혼례를 올렸는데, 그때부터 장인의 궁전에 살며 남자 후손의 숫자를 늘리는 데 기여해야 했다. 남자는 결혼을 통해 재산을 얻었다— 황금잔, 은사발, 말, 옷, 무기, 내가 살아 있을 때만 하더라도 사람들이 몹시 귀하게 여겼던 각종 쓰레기 말이다. 신랑 가문에서도 그런 쓰레기를 잔뜩 내놓는 것이 관례였다.

내가 굳이 쓰레기라고 표현한 까닭은 그 물건들의 말로를 알기 때문이다. 대부분은 땅속에서 썩어 없어지거나 바다 밑에 가라앉거나 댕강 부러지거나 형체도 없이 녹아버린다. 그중 일부는 살아남아 거대한 궁전에 안착하기도 했는데, 희한하게 그 궁전에는 왕도 왕비도 없다. 대신에 꼴사나운 차림을 한 사람들이 꾸역꾸역 모여들어 더이상 쓰지도 않는 황금잔이나 은사발 따위를 뚫어져라 들여다본다. 그러다가 궁전 안에 있는 장터 같은 곳으로 가서 그 물건들을 그린 그림을 사거나, 진짜 금이나 은으로 만들지도 않은 조그마한 모형을 사기도 한다. 그러니 쓰레기라고 말할 수밖에.

오랜 관습에 따라 그 산더미 같은 번쩍거리는 예물은 신부 가문에, 그러니까 신부 가문의 궁전에 남아 있어야 했다. 우리 아버지가 나를 바다에 빠뜨려 죽이려다 실패한 뒤에도 내게 그토록 애착을 보였던 것은 어쩌면 그 때문이었는지도 모르겠다. 내가 있는 곳에는 보물이 있을 테니까.

(그런데 **정말** 아버지는 왜 나를 물에 빠뜨렸을까? 그 의문이 아직도 뇌리에서 떠나지 않는다. 수의 때문이었다는 설명만으로는 부족하다. 그러나 이곳에 내려온 뒤에도 정답을 알아내지 못했다. 멀리서 아스포델 꽃밭을 거니는 아버지를 보고 그쪽으로 다가갈 때마다 아버지는 나와 마주치고 싶지 않은 듯 황급히 자리를 떴다.

이따금씩 이런 생각도 해봤다. 나는 사람 목숨에 굶주린 바다의 신에게 제물로 바쳐진 거다. 그런데 오리 떼가 나를 구해줬다. 아버지와는 무관하게 일어난 일이었다. 아버지는 아마도 이 거래에서, 정말로 거래였다면 말이지만, 자신이 맡은 바를 다했다고 주장할 수 있다. 결코 속임수를 쓴 게 아니라고 말이다. 그런데도 바다의 신이 나를 끌고 들어가 삼켜버리지 못했다면, 그날따라 그 신이 재수가 없었을 뿐이다.

그날 일을 생각하면 할수록 이 설명이 점점 더 마음에 든다. 앞뒤가 척척 들어맞는다.)

자, 이제 내 처지를 상상해보라. 영리하긴 하지만 썩 아름답다고는 할 수 없는 한 소녀가 있다. 나이는 결혼 적령기에 이르렀으니 열다섯 살쯤 되었다고 치자. 그리고 소녀는 지금 자기 방—왕궁 2층의—창가에서 안마당을 내려다보는 중이라고 가정해보자. 안마당에는 경기 참가자들이 모였다. 모두 소녀와 결혼하리라는 희망을 품고 서로 경쟁하기 위해 찾아온 청년들이다.

물론 나는 대놓고 창밖을 내다보지는 않는다. 여느 펑퍼짐한 시녀처럼 창턱에 팔꿈치를 척 올려놓고 뻔뻔스럽게 구경할 수는 없는 노릇이다. 그렇다, 나는 베일로 얼굴을 가리고 휘장 뒤에 숨어 바깥을 훔쳐본다. 알몸에 가까운 차림의 수많은 청년에게 베일도 쓰지 않은 내 얼굴을 보여주는 것은 매우 바람직하지 않은 일이다. 왕궁의 시녀들이 나를 한껏 화려하게 치장해줬고 음유시인들이 나를 위해 찬가를 짓기도 했지만—'아프로디테처럼 찬란하여라' 운운하는 흔해빠진 빈말이었다—나는 왠지 쑥스럽고 쓸쓸할 뿐이다. 청년들이 웃으며 농담을 주고받는다. 자기들끼리 마음 편하게 어우러지는 듯하다. 그들은 내 쪽을 올려다보지 않는다.

나는 그들이 나를, 이 오리 아가씨 페넬로페를 원하는 것이 아니라는 사실을 잘 안다. 그들이 원하는 것은 오로지 나와 함께 덤으로 주어지는 것들이다—왕실과의 연줄, 번쩍거리는 잡동사니 한 무더기. 나를 향한 사랑 때문에 자살하는 남자는 아무도 없을 것이다.

실제로 그런 남자는 한 명도 없었다. 물론 내가 그런 자살의 계기가 되고 싶었다는 뜻은 아니다. 나는 남자를 농락해 파멸로 몰아가는 세이렌* 같은 여자가 아니었다. 사촌언니 헬레네와는 전혀 달랐다. 헬레네가 수많은 남자를 정복한 이유는 오로지 그럴 수 있음을 과시하기 위해서였다. 남자들이 그녀 앞에서 설설 기게 되기까지는 그리 오래 걸리지 않았는데, 그렇게 되면

---

* 상반신은 여자, 하반신은 새의 모습을 한 바다괴물로, 노래를 불러 뱃사람들을 유혹했다.

그녀는 우스꽝스럽게 물구나무를 선 왕실 난쟁이를 보기라도 한 듯이 면전에 대고 깔깔 웃고는 뒤도 안 돌아보고 떠났다.

그러나 나는 마음씨 고운 소녀였다—헬레네보다는 착했다. 적어도 내 생각엔 그랬다. 나는 뭐든 미모를 대신할 만한 장점이 있어야 한다는 것을 알았다. 다들 내가 영리하다고 했지만—그 말은 너무 많이 들어 지긋지긋할 정도였다—남자들이 아내가 영리하기를 바라는 것은 아내와 멀리 떨어져 있을 때뿐이다. 함께 있을 때는 영락없이 마음씨 고운 아내를 원하기 마련이다. 좀더 매력적인 다른 장점이 없는 한.

나에게 가장 걸맞은 신랑감이라면 아무래도 넓은 영토를 가진 어느 왕의 젊은 아들일 터였다. 네스토르 왕의 아들 같은 사위를 얻는다면 이카리오스 왕에게도 든든한 연줄이 생긴다. 나는 저 밑에서 이리저리 몰려다니는 청년들을 베일 너머로 찬찬히 살펴보며 누가 누구인지 구분해보려 했다. 그리고—신랑감을 고르는 일은 내 의사와 무관하니 어차피 아무짝에도 쓸모없는 짓이지만—그중에서 누가 마음에 드는지 확인하고 싶었다.

내 곁에는 몇몇 시녀도 함께 있었다—그들은 한시도

나를 혼자 내버려두지 않았다. 무사히 결혼식을 끝마치기 전에는 결코 안심할 수 없었기 때문이다. 어느 주제넘은 구혼자가 재산을 노리고 나를 몰래 유혹하거나 유괴해 달아날지 누가 알겠는가? 이 시녀들은 나의 정보원이기도 했다. 그들에게선 온갖 시시껄렁한 소문이 끊임없이 샘솟았다. 시녀들은 왕궁 안을 마음대로 돌아다니며 남자들을 모든 각도에서 면밀히 관찰할 수 있었고, 그들의 대화를 엿들을 수 있었고, 그들과 농담을 주고받으며 마음껏 웃을 수 있었다. 혹시 어떤 남자가 은근슬쩍 그들의 가랑이 사이로 기어들더라도 아무도 신경쓰지 않았다.

"가슴팍이 두툼한 저분은 누구니?" 내가 물었다.

"아, 오디세우스 님이네요." 시녀 하나가 대답했다. 그는—적어도 시녀들이 보기에—나를 차지할 가능성이 희박한 인물이었다. 그의 아버지가 다스리는 왕국은 염소떼나 몰려다니는 바위섬 이타케였다. 오디세우스의 옷차림은 촌스러웠다. 몸가짐은 작은 마을에서 거물인 양 으스대는 사내처럼 보였는데, 벌써 남들이 괴상하다고 생각할 만한 난해한 의견을 몇 가지 내놓은 터였다. 그러나 제법 영리하다는 평판을 들었다. 오히려 스스로에게 해가 될 정도라고 했다. 다른 청년들은 오디세우스를 두고 이런 농담을 주고받는다고 한다—"오디세우스와는 내기하지 마라. 헤르메스의 친구라서 절대로 못이겨." 그 말은 사기꾼에 도둑놈이라는 뜻이었다. 오디세우스의 외할아버지 아우톨리코스도 그런 재간으로 유명했는데, 한평생 아무것도 정당하게 얻어낸 적이 없었다.

"저분이 달리기를 잘하는지 궁금하구나." 내가 말했다. 신부를 얻기 위한 경기에서 씨름을 하는 왕국이나 전차 경주를 하는 왕국도 있었는데 우리 나라에서는 그냥 달리기를 했다.

"저렇게 다리가 짧아서야 어디 빠르겠어요." 한 시녀가 인정머리없게 말했다. 오디세우스는 몸에 비해 다리가 좀 짧긴 했다. 앉아 있을 때는 눈에 띄지 않아서 괜찮았는데 서 있을 때는 영락없는 가분수였다.

"적어도 공주님을 잡을 만큼 빠르진 않겠죠." 다른 시녀가 맞장구를 쳤다. "아침에 눈을 뜨셨는데 침대 위에 신랑과 아폴론의 소떼가 함께 자고 있으면 곤란하잖아요." 헤르메스를 두고 하는 조롱이었다. 헤르메스는 태어난 첫날부터 도둑질을 했는데, 대담무쌍하게도 아폴론의 소매를 훔쳤다. "그 속에 황소도 한 마리쯤 끼어 있다면 또 모르지." 한 시녀가 말을 받았다. "난 염소라도 상관없어." 또다른 시녀가 거들었다. "아주 크고 튼튼한 숫염소! 틀림없이 우리 오리 아가씨도 좋아하실걸! 금방 염소처럼 매애 하고 울게 되실 거라고!" "그런 놈이라면 나라도 마다하지 않겠네." 또다른 시녀는 말했다. "이 근방엔 온통 새끼손가락만한 물건뿐이니, 차라리 숫염소가 낫지 뭐야." 그들은 일제히 입을 가리고 콧김을 픽픽 뿜어가며 좋아라 웃어대기 시작했다.

나는 심한 굴욕감을 느꼈다. 그때까진 야한 농담을 이해하지 못해 시녀들이 왜 웃는지 정확히 몰랐지만 나를 놀린다는 것만은 알아차렸다. 그러나 나로선 그들이 웃지 못하게 할 수도 없었다.

바로 그때 사촌언니 헬레네가 목이 긴 백조처럼 우아하게 다가왔다. 그녀는 자신이 백조라고 상상하길 좋아했다. 원래부터 엉덩이를 살랑살랑 흔들며 걸었는데, 그 걸음걸이가 유난히 두드러지는 모습이었다. 결혼할 사람은 나인데도 모든 관심이 자신에게 집중되길 바랐기 때문이다. 그녀는 언제나처럼 아름다웠다. 무자비하게 아름다웠다. 몸치장도 완벽했다. 메넬라오스 형부는 언니를 언제나 화려하게 꾸몄는데, 돈이 썩어날 정도로 많으니 비용은 얼마든지 감당할 수 있었다. 헬레네는 고개를 살짝 기울이고 희롱하려는 듯 야릇한 시선으로 나를 바라보았다. 아마 자기 개나 거울, 머리빗, 침대 기둥에도 그렇게 꼬리를 칠 것이다. 한시도 연습을 게을리하지 말아야 하니까.

"오디세우스는 우리 꼬마 오리에게 아주 잘 어울리는 신랑감이야. 페넬로페는 조용히 살고 싶어하는데, 오디세우스가 큰소리치는 대로 페넬로페가 이타케로 따라간다면 틀림없이 그렇게 살 수 있을 테니까. 염소를 돌보는 일도 거들면서 말이야. 페넬로페와 오디세우스는 그야말로 천생연분인걸. 둘 다 다리가 짧긴 하잖아." 짐짓 명랑한 말투였는데, 헬레네의 가장 명랑한 말이 대개 가장 잔인한 말이었다. 숨막히게 아름다운 사람들은 어째서 세상 모든 사람이 오로지 자신에게 즐거움을 주기 위해 존재한다고 생각할까?

시녀들이 킥킥거렸다. 비참하기 짝이 없었다. 내 다리가 그렇게 짧다고 생각한 적은 없었는데, 헬레네가 내 다리를 눈여겨보았다니 전혀 뜻밖이었다. 그러나 그녀는 원래부터 남의 신체적 장단점을 평가할 때면 한 가지도 놓치지 않았다. 나중에 파리스와 함께 말썽을 일으킨 것도 바로 그 때문이었다— 빨강 머리에 땅딸막한 메넬라오스보다 파리스가 훨씬 더 잘생겼으니까. 시인들이 시에 메넬라오스를 등장시키기 시작했을 때 그의 최대 장점으로 내세운 것은 목소리가 아주 크다는 점이었다.

시녀들은 내가 뭐라고 대꾸하는지 보려고 일제히 나를 돌아보았다. 그러나 헬레네는 사람들이 말문을 열지 못하게 만드는 재주가 있었고, 나라고 예외는 아니었다.

"괜찮아, 꼬마 사촌." 헬레네가 내 팔을 토닥거리며 말했다. "오디세우스는 아주 영리하잖니. 듣자 하니 너도 아주 영리하다던데, 너라면 저 사람이 하는 말을 알아듣겠지. 난 도저히 못 알아먹겠더라! 우리 두 사람을 위해서라도 오디세우스가 나를 얻지 못해 천만다행이지 뭐니!"

그녀는 별맛 없는 소시지를 먼저 먹을 기회가 있었지만 입맛이 까다로워 거절해놓고 공연히 남에게 선심 쓰는 체하는 사람처럼 능글맞게 웃었다. 사실 오디세우스도 헬레네와 결혼하고 싶어했고, 세상의 모든 사내처럼 그녀를 차지하는 데 필사적이었다. 그리고 이제는 기껏해야 이등상에 불과한 나를 차지하려고 경합을 벌이는 중이었다.

헬레네는 이제 독침을 다 쏘았다는 듯이 어슬렁어슬렁 가버렸다. 시녀들은 그녀의 휘황찬란한 목걸이, 눈부신 귀고리, 완전무결한 코, 기품 넘치는 머리 모양, 초롱초롱한 눈동자, 그리고 가장자리를 멋들어지게 수놓은 화려한 의상 따위에 대해 한바탕 수다를 떨기 시작했다. 나는 그 자리에 없는 사람이라는 듯이. 그날은 내 결혼식 날이었는데도 말이다.

그 모든 상황을 더는 견딜 수 없었다. 나는 그후에도 툭하면 그랬듯이 울음보를 터뜨렸고, 시녀들은 나를 침대로 데려가 눕혔다.

그래서 정작 경주는 보지 못했다. 승자는 오디세우스였다. 나중에야 알게 된 일이지만 그는 그때 속임수를 썼다. 내 아버지의 형이며 헬레네의 아버지인 틴다레오스 백부가—앞에서도 말했듯이 헬레네의 진짜 아버지는 제우스라고 말하는 사람도 있지만—오디세우스를 도와줬다. 백부는 다른 경기자들의 술잔에 동작을 굼뜨

게 만드는 약을 풀었다. 딱 적당량이었기 때문에 아무도 그 사실을 알아차리지 못했다. 그리고 오디세우스에게는 정반대의 효능을 가진 약을 주었다. 이런 속임수가 아에 전통이 되었는지, 산 자들의 세상에서는 요즘도 운동경기를 할 때 그 수법을 쓴다고 한다.

틴다레오스 백부가 그렇게 내 장래의 남편을 도와준 이유는 뭘까? 그들은 친구도 동맹관계도 아니었다. 백부는 그렇게 해서 무엇을 얻었을까? 틴다레오스 백부는—장담하건대—순전히 착한 마음씨 때문에 남을 도와주는 사람이 결코 아니었다. 착한 마음씨라고는 눈을 씻고 찾아봐도 없었다.

일설에 의하면 오디세우스가 틴다레오스 백부를 도와준 대가로 나를 얻었다고 한다. 수많은 남자가 헬레네를 차지하려고 한창 경쟁을 벌일 때 상황이 점점 험악해졌는데, 그때 오디세우스가 모든 경쟁자에게 맹세를 시켰다는 것이다. 누가 헬레네를 차지하든, 혹시 다른 남자가 승자로부터 그녀를 빼앗으려 한다면 모두 나서서 지켜주겠다는 맹세였다. 오디세우스는 이 방법으로 사태를 진정시켜 헬레네와 메넬라오스의 결혼이 원만하게 이뤄지도록 했다. 자신에겐 희망이 없음을 미리 알아차린 게 분명하다. 오디세우스가 틴다레오스 백부와 거래를 한 것이—소문에 따르면—그때였다. 눈부시게 아름다운 헬레네가 대단히 유익한 결혼식을 평화롭게 올릴 수 있도록 도와주는 대신 자신은 평범하기 짝이 없는 페넬로페를 차지하기로.

그러나 내 생각은 좀 다르다. 틴다레오스 백부와 내 아버지 이카리오스는 둘 다 스파르타의 왕이었다. 그들은 원래 번갈아가며 나라를 다스렸다. 한 해는 아버지가 다스리고 이듬해는 백부가 다스리는 식이었다. 그러나 틴다레오스 백부는 왕위를 독차지하고 싶어했고, 결국 뜻대로 되었다. 그러므로 백부는 여러 구혼자의 전망이나 계획을 타진해봤을 테고, 그 과정에서 자기처럼 오디세우스도 아내가 남편의 가문에 들어가는 편이 그 반대보다 바람직하다는 획기적인 생각을 가졌음을 알게 되었을 것이다. 나를, 그리고 내가 낳을지도 모르는 아들을 멀리 떠나보낼 수 있다는 것은 틴다레오스 백부에게도 대단히 흡족한 일이었다. 그렇게만 된다면 장차 갈등이 불거졌을 때 이카리오스를 편들어줄 사람이 그만큼 적어질 테니까.

배후 사정이야 어찌되었든 간에 오디세우스는 속임

수로 시합에서 승리했다. 나는 헬레네가 결혼식을 지켜보며 짓는 심술궂은 미소를 보았다. 그녀는 내가 촌티 나는 무지렁이에게 걸려들어 꼼짝없이 황량한 벽지로 끌려가게 되었다고 생각하며 내심 기뻐했다. 아마 시합이 속임수였다는 사실도 사전에 알았겠지.

나는 결혼식이 끝날 때까지 적잖이 괴로웠다—짐승을 잡아 신에게 제물로 바치고, 액을 물리치기 위해 물을 뿌리고, 제주祭酒를 올리고, 기도하고, 끝도 없이 노래를 부르고. 현기증이 일 지경이었다. 나는 줄곧 눈을 내리깔아 오디세우스의 하반신밖에 볼 수 없었고, 가장 엄숙한 순간에조차 **짧은 다리**라는 말이 자꾸 떠올랐다. 때와 장소에 어울리지 않는 생각이지만—너무 경망스럽고 유치해서 자꾸 웃음이 터져나오려 했다—굳이 변명을 하자면 그때 나는 겨우 열다섯 살이었다.

제7장

흉터

그리하여 나는 무슨 고깃덩어리처럼 오디세우스에게 건네졌다. 황금으로 포장한 고깃덩어리, 말하자면 금박을 입힌 선지 푸딩이라고나 할까.

어쩌면 여러분은 내 비유가 너무 저속하다고 할지도 모르겠다. 그러나 우리는 육류를 매우 귀하게 여겼다—귀족이나 왕족은 고기를 많이 먹었다. 그저 고기, 고기, 고기. 조리법이라곤 불에 굽는 방법뿐이었다. 우리 시대에는 고급 요리가 없었다. 아, 깜박 잊었는데, 빵도 있었다. 납작한 빵이었다. 줄기차게 빵, 빵, 빵 그리고 술, 술, 술. 이따금 과일이나 채소도 먹었지만 그에 대해 들어본 사람은 거의 없으리라. 그런 것을 가지고 노랫

말을 짓는 사람은 별로 없으니까.

신들도 우리 못지않게 육류를 좋아했다. 그러나 그들이 우리에게서 얻는 것은 뼈와 기름덩어리가 고작이었다. 프로메테우스의 간단한 속임수 덕분이었다.* 소의 몸뚱이에서 쓸모없는 부분을 쓸어모아 맛좋은 고기처럼 꾸며 내놓았을 때 감쪽같이 속는다면 세상에 다시없는 얼간이가 분명하다. 그런데 제우스는 속아넘어갔다. 신들은 우리가 자기들을 지혜롭다고 믿길 바라지만 사실은 별로 그렇지도 않다는 증거다.

내가 이런 식으로 말할 수 있는 것은 이미 죽었기 때문이다. 예전에는 감히 이런 말을 입 밖에 내지도 못했다. 어느 신이 걸인이나 오랜 친구나 낯선 사람 등으로 둔갑해 내 말을 들을지 모르니까. 사실 나는 이따금씩 신의 존재를 의심했다. 그러나 살아생전에는 공연히 위험을 무릅쓰지 않는 편이 현명하다고 생각했다.

내 결혼 잔치는 모든 것이 풍성했다―윤기가 잘잘

---

* 신과 인간이 제물의 몫을 정하려 했을 때 프로메테우스가 제우스를 속여 가장 좋은 부분을 인간이 차지하게 했다.

흐르는 큼직큼직한 고깃덩어리, 산더미처럼 쌓인 향긋하고 큼직큼직한 빵, 감미로운 술이 가득찬 큼직큼직한 술병 등등. 손님들이 그 자리에서 펑펑 터져버리지 않는 게 놀라울 따름이었다. 다들 배가 터져라 먹고 마셨다. 나중에 경험을 통해 알게 된 일이지만, 제 돈을 낼 필요가 없는 음식만큼 과식을 부추기는 것도 없다.

그 시절에는 음식을 맨손으로 집어먹었다. 모두 정신없이 음식을 물어뜯고 바삐 씹어야 했지만 차라리 다행이었다—다른 손님 때문에 화가 나더라도 날카로운 도구를 집어들고 다짜고짜 푹 찌르는 일은 없었다. 시합 결과에 따라 결혼식을 올리는 경우, 패자 중에는 앙심을 품은 사람도 한두 명 나오기 마련이다. 그러나 내 잔치에 참석한 구혼자들은 아무도 화를 내지 않았다. 경매에 나온 말 한 마리를 사려다 실패한 정도로 여기는 듯했다.

술이 너무 독해서 많은 사람이 곤드레만드레 취해버렸다. 심지어 아버지 이카리오스 왕도 몹시 취했다. 그는 틴다레오스와 오디세우스가 자신을 기만했다고 의심했다. 그들이 속임수를 썼다는 데까지는 거의 확신했지만 어떤 수법을 썼는지는 알아낼 길이 없었다. 그래서 화가 났는데, 아버지는 화가 나면 술을 마셨고, 그러고는 남들의 조상 어르신에 대해 모욕적인 말을 마구 지껄였다. 그러나 아버지는 왕이었으므로 결투까지 가는 일은 없었다.

오디세우스는 조금도 취하지 않았다. 그는 술을 거의 마시지 않으면서도 많이 마시는 것처럼 보이는 재주가 있었다. 나중에 그가 내게 말하길, 자기처럼 지혜를 밑천으로 살아가는 사람은 언제나 정신이 맑아야 하며 칼이나 도끼처럼 예리하게 날을 세워야 한다고 했다. 술을 많이 마실 수 있다고 자랑하는 놈들은 바보다. 그러다보면 서로 경쟁하듯 술을 마시게 되고, 그러면 주의력을 비롯한 여러 능력을 잃어버리고, 바로 그때 적들이 공격해온다.

나는 아무것도 먹을 수 없었다. 너무 긴장한 탓이었다. 면사포를 쓰고 얌전히 앉아 감히 오디세우스를 제대로 쳐다보지도 못했다. 그가 면사포를 걷어올리고 내가 차려입은 망토와 허리띠와 전신을 덮은 반짝이는 드레스까지 모두 벗겨내고 나면 틀림없이 실망하리라 생각했다. 그러나 그는 내게 눈길조차 주지 않았다. 다른 사람들도 마찬가지였다. 모두 멍하니 헬레네만 쳐다보았다. 그녀는 눈부신 미소를 구석구석 골고루 나눠줬다. 사내라면 단 한 명도 빠뜨리지 않았다. 그녀의 미소는 남자들로 하여금 그녀가 남몰래 자신만 사랑한다고 착각하게 만들었다.

그러나 헬레네 때문에 다들 한눈을 팔아 차라리 다행이었다. 덕분에 사람들이 나를 눈여겨보지 않았고, 그래서 내가 바들바들 떨며 안절부절못한다는 사실도 전혀 알아차리지 못했기 때문이다. 나는 긴장했을 뿐 아니라 몹시 겁에 질려 있었다. 시녀들이 들려준 여러 이야기 때문이었다. 신방에 들어가면 내 몸이—쟁기로 파헤친 땅처럼—둘로 쪼개지는데, 너무도 고통스럽고 굴욕적이라고 했다.

우리 어머니는 돌고래처럼 이리저리 헤엄치고 싶은 마음을 잠시 억누르고 기꺼이 내 결혼식에 참석해줬다. 그때 그녀에게 좀더 고마워했어야 마땅한데 그러지 못해 아쉽다. 아무튼 어머니는 아버지 곁의 옥좌에 앉아 있었다. 그녀의 옷은 시원한 파란색이었고 발치에는 물이 고여 작은 웅덩이를 이뤘다. 시녀들이 다시 내 옷을 갈아입힐 때 어머니는 내게 잠깐 몇 마디 조언을 해줬지만 그때는 별로 도움이 안 된다고 생각했다. 너무 생뚱맞은 소리였기 때문이다. 그러나 나이아스들은 원래 그렇게 생뚱스럽다.

어머니는 이렇게 말했다.

물은 저항하지 않아. 물은 그냥 흐르지. 물속에 손을 담가도 그저 그 손을 쓰다듬으며 지나갈 뿐이야. 물은 딱딱한 벽이 아니라서 아무도 가로막지 못해. 그렇지만 물은 언제나 제가 가고 싶은 곳으로 가고야 말지. 물을 끝까지 가로막을 수 있는 것은 아무것도 없단다. 그리고 물은 참을성이 많아. 한 방울씩 떨어지는 물이 바위를 닳아 없어지게 하지. 그걸 잊지 마라, 내 딸아. 너도 절반은 물이라는 사실을 기억해. 장애물을 뚫고 갈 수 없다면 에둘러 가는 거야. 물이 그리하듯이.

예식과 잔치가 끝난 뒤에는 신방을 향해 행진하는 순서가 빠질 수 없고, 이때 횃불과 음탕한 농담과 술 취한 고함소리 또한 빠질 수 없었다. 침대는 꽃으로 장식했고, 문지방에는 물을 뿌렸고, 신들에게는 제주를 올렸다. 문 앞에는 문지기를 배치했다. 겁에 질린 신부가 뛰쳐나오지 못하게 막고, 아울러 그녀의 비명을 들은 친구들이 문을 부수고 그녀를 구출하는 사태도 미연에 방지하기 위해서였다. 그러나 이 모든 것이 연극이었다. 신부를 납치해 데려왔다고 가정한 상황극인데, 허가받은 강간을 통해 마침내 결혼이 완성되는 것이다. 그것은 곧 정복이었고 적을 짓밟는 행위이며 또한 모의 살인이었다. 따라서 피가 필요했다.

이윽고 문이 닫히자 오디세우스는 내 손을 잡아 나를 침대에 앉혔다. 그리고 이렇게 속삭였다. "지금까지 들었던 이야기는 모두 잊으시오. 난 당신을 아프게 하지 않겠소. 적어도 많이 아프진 않을 거요. 그렇지만 당신이 좀 아픈 척하는 게 우리 둘 다에게 유익할 것 같소. 당신은 아주 영리한 여자라고 들었는데, 혹시 두어 번 비명을 질러줄 수 있겠소? 그러면 지금 문밖에서 엿듣는 사람들도 만족할 테고, 저들이 물러가고 나면 우리끼리 시간을 가지고 천천히 친해집시다."

그가 남을 잘 설득하는 비결 중 하나가 바로 이런 것이었다—그는 상대로 하여금 두 사람이 공통의 장애물을 앞두었으며 그것을 극복하려면 서로 힘을 합쳐야 한다고 믿게 만들었다. 그리하여 자기가 꾸민 계략에 거의 대부분이 협력하도록 만들 수 있었다. 그런 일을 오디세우스보다 잘하는 사람은 없었다. 이것만은 소문이 사실이다. 그리고 그는 목소리도 아주 좋았다. 굵직하면서도 낭랑한 목소리였다. 나는 당연히 그가 시키는 대로 했다.

그리고 얼마 후, 나는 오디세우스가 일을 치르자마자 돌아누워 코를 골기 시작하는 여느 남자들과는 좀 다르다는 사실을 알게 되었다. 물론 내가 남자들의 그런 버릇을 실제로 겪어보고 알게 된 것은 절대 아니고, 아까도 말했듯이 시녀들이 하는 이야기를 자주 들었다. 그렇다, 오디세우스는 대화를 원했다. 그리고 그가 워낙 뛰어난 이야기꾼이었으므로 나도 기꺼이 그의 말에 귀를 기울였다. 그가 나를 아꼈던 가장 큰 이유가 바로 그것이었다고 생각한다. 나는 그의 이야기를 즐겁게 들어주는 사람이었다. 모름지기 여자라면 결코 가벼이 여길 수 없는 재능이다.

나는 어쩌다가 그의 허벅지에 있는 길쭉한 흉터를 보게 되었고, 그는 그 흉터를 얻게 된 사연을 말해줬다. 앞서도 말했듯이 오디세우스의 외할아버지는 자기가 헤르메스의 아들이라고 주장하던 아우톨리코스였다. 어쩌면 이 말은 그가 늙고 교활한 도둑이고 사기꾼이고 거짓말쟁이며 그런 일에 남다른 운을 타고났다는 뜻이었는지도 모른다.

아우톨리코스는 오디세우스의 어머니 안티클레이아의 아버지였다. 그녀는 이타케의 라에르테스 왕과 결혼했고, 따라서 지금은 나의 시어머니이기도 하다. 안티클레이아에 대해서는 나쁜 소문이 돌았지만—그녀가 시시포스*의 꾐에 넘어간 적이 있는데 바로 그 사람이 오디세우스의 진짜 아버지라나—나로서는 도저히 믿기 어려웠다. 도대체 누가 안티클레이아 같은 여자를 유혹하고 싶어할까? 차라리 나무토막을 유혹하는 편이 낫겠다. 어쨌든 그런 소문이 있다는 사실만 짚고 넘어가자.

시시포스는 어찌나 교활한 자였는지 죽음의 신을 두 번이나 기만했다고 한다. 한 번은 하데스 왕**을 속여 결박해놓고 풀어주지 않았으며, 또 한 번은 제대로 장례를 치르지 못했으니 스틱스강***을 건너 저승에 들

---

* 세상에서 가장 교활한 인간으로, 지옥의 산비탈에서 바위를 굴려 올리는 형벌을 받았다.
** 명부를 다스리는 신.
*** 명부를 일곱 번 돌아 흐르는 강.

사람이 아니라고 페르세포네*를 설득해 유유히 명부를 빠져나갔다. 그러므로 우리가 안티클레이아 간통설을 받아들인다면 오디세우스는 부계와 모계 양쪽에서 교활하고 파렴치한 남자를 조상으로 둔 셈이다.

진실이 뭐든 간에 오디세우스의 외할아버지 아우톨리코스는—그의 이름도 외할아버지가 지어줬다—그가 태어날 당시 약속했던 선물을 받아가라며 오디세우스를 파르나소스산으로 불러들였다. 오디세우스는 순순히 그곳으로 찾아갔는데, 거기 있는 동안 아우톨리코스의 아들들과 함께 멧돼지 사냥을 나갔다. 그때 유별나게 사나운 멧돼지 한 마리가 냅다 들이받는 바람에 허벅지에 흉터가 남았다.

그 이야기를 들려주는 오디세우스의 말투에서 나는 왠지 그게 다는 아니라는 인상을 받았다. 그 멧돼지는 다른 사람들을 다 내버려두고 왜 하필 오디세우스에게 덤벼들었을까? 혹시 그들이 멧돼지의 은신처를 미리 알아놓고 그를 함정으로 유인한 것은 아니었을까? 사

---

* 하데스의 왕후.

기꾼 아우톨리코스가 약속대로 선물을 넘겨주기 싫어 오디세우스를 죽이려 했던 것은 아닐까? 어쩌면.

나는 그렇게 생각하고 싶었다. 남편과 나에게 공통점이 있다고 믿고 싶었다. 우리 둘 다 하마터면 어렸을 때 가족의 손에 죽을 뻔했다고. 그렇다면 우리는 더욱 굳게 뭉쳐야 했고, 남들을 너무 쉽게 믿지 말아야 했다.

그 흉터 이야기에 대한 보답으로 나는 물에 빠져 죽을 뻔했다가 오리떼에게 구출되었던 사건을 말해줬다. 오디세우스도 내 이야기에 관심을 보였고, 몇 가지 질문을 던졌고, 나에게 동정을 표했다—말하는 사람의 입장에서는 더 바랄 나위 없는 반응이었다. 그가 나를 어루만지며 말했다. "가엾은 오리 아가씨. 걱정 마시오. 내가 이렇게 사랑스러운 여자를 바다에 던지는 일은 절대로 없을 테니까." 그때부터 나는 또 울기 시작했고, 첫날밤에 어울리는 방식으로 위로받았다.

그리하여 아침이 밝았을 때 오디세우스와 나는 그가 약속했던 대로 친구가 되었다. 아니, 달리 표현하자면 나는 그에게 친밀한 감정을—더 나아가 사랑과 열정을—품었고 그 역시 같은 마음인 듯 행동했다. 앞서 했던 말과 비슷하긴 하지만 엄연히 다른 얘기다.

그로부터 며칠이 지났을 때 오디세우스는 나와 내 지참금을 챙겨 이타케로 돌아가고 싶다는 뜻을 밝혔다. 아버지는 그 말을 듣고 화를 냈다—그는 오랜 관습을 지키고 싶다고 말했는데, 우리 두 사람과 우리가 새로 얻은 재산을 당신의 손아귀에 쥐고 있겠다는 뜻이었다. 그러나 틴다레오스 백부가 우리 편을 들어줬고, 백부의 사위가 바로 헬레네의 남편이며 막강한 힘을 가진 메넬라오스였으므로 이카리오스도 결국 양보하는 수밖에 없었다.

우리가 마차를 타고 떠나려 하자 아버지가 몸소 달려 나와 내게 제발 가지 말라고 애원했는데, 그때 오디세우스가 나에게 자신과 함께 기꺼이 이타케로 가겠느냐 아니면 아버지 곁에 남고 싶으냐, 하고 물었다는 이야기는 아마 여러분도 들은 적이 있을 것이다. 소문에 의하면 나는 워낙 정숙한 여자라서 차마 남편을 따르겠다는 말을 대놓고 하진 못하고 베일로 얼굴을 가렸으며, 그후 사람들은 정숙함이라는 미덕을 기리기 위해 나의 석상을 만들어 세웠다고 한다.*

그 이야기도 일부는 사실이다. 그러나 내가 베일을 썼던 진짜 이유는 웃음을 감추기 위해서였다. 일찍이 자기 자식을 바다에 내던졌던 아버지가 허둥지둥 달려오며 바로 그 자식에게 "제발 가지 마라!" 하고 소리치다니, 어딘가 우스꽝스러운 장면이라는 것쯤은 여러분도 인정하시리라.

  나는 아버지 곁에 머물고 싶지 않았다. 그 순간 나는 스파르타 왕궁을 한시라도 빨리 벗어나고 싶어 안달했다. 별로 행복하지도 않았던 그곳을 떠나 어서 새로운 삶을 시작하고 싶었다.

---

* 실제로 페르시아의 옛 수도 페르세폴리스에서 아테나이의 것으로 보이는 페넬로페의 대리석상이 발굴되었다.

제8장
이 몸이 공주라면
코러스라인 · 유행가

바이올린과 아코디언과 양철피리 연주에 맞춰 시녀들이 노래를 부른다.

시녀 1   이 몸이 공주라면 금과 은에 둘러싸여
     용사의 사랑 받으며 영영 늙지 않겠네.
     아, 젊은 용사와 가약을 맺는다면
     영원히 아름답고 즐겁고 자유롭겠네!

합창   그렇다면 공주님, 넘실대는 파도 넘어 떠나보세요—
     저 물밑은 무덤처럼 깊고 캄캄하지만

　　　　　공주님의 작은 배 가라앉았을지도 모르지만—
　　　　　희망, 오직 희망만이 우리를 지켜줄 테니.

시녀 2　이고 지고 오락가락, 분부 받자와 거행하며
　　　　　하루종일 고달프게, 예, 나리, 예, 마님,
　　　　　눈물을 머금은 채 미소 짓고 고개 끄덕거리며
　　　　　남들 누울 폭신한 잠자리 손봐야 하네.

시녀 3　신들이여, 예언자여, 내 인생을 바꿔줘요.
　　　　　젊은 용사의 아내로 바꿔주세요!
　　　　　그러나 오늘도 내일도 날 찾는 용사는 없고
　　　　　고된 노동이 나의 몫, 죽음만이 내 운명이라네!

합창　　그렇다면 공주님, 넘실대는 파도 넘어 떠나보세요—
　　　　　저 물밑은 무덤처럼 깊고 캄캄하지만
　　　　　공주님의 작은 배 가라앉았을지도 모르지만—
　　　　　희망, 오직 희망만이 우리를 지켜줄 테니.

시녀들, 일제히 절한다.

예쁜이 멜란토가 모자를 돌린다.

감사합니다, 나리. 감사합니다. 감사합니다. 감사합니다. 감사합니다.

제9장

믿음직스러운 수다쟁이

 이타케로 가는 바닷길은 멀고도 험했다. 그리고 구역질의 연속이었다. 적어도 내 경우엔 그랬다. 나는 자리에 드러눕거나 토하며, 때로는 둘 다 한꺼번에 하며 대부분의 시간을 보냈다. 어쩌면 어린 시절의 경험 때문에 바다를 싫어하게 된 탓이거나, 또 어쩌면 바다의 신 포세이돈이 나를 잡아먹지 못해 여전히 화가 났기 때문인지도 모르겠다.

 그리하여 나는 오디세우스가 드물게 내 상태를 살피러 들어올 때마다 얘기해주던 아름다운 하늘과 구름을 거의 보지 못했다. 그는 뱃머리에 우뚝 서서 매처럼 날카로운 시선으로(나는 그렇게 상상했다) 혹시 암초나 바다뱀 따위의 위험 요소가 있는지 살펴보거나 키를 잡고 배를 조종하거나 그 밖의 다른 방법으로—배를 타 본 게 내 평생 처음이라 어떤 방법인지는 알 수 없었지만—배를 지휘하며 대부분의 시간을 보냈다.

결혼식 날 이후로 나는 오디세우스를 대단히 높이 평가하고 깊이 흠모하며 그의 능력도 과대평가했으므로—당시 나는 열다섯 살에 불과했다—그를 무조건 신뢰했고, 바다에서도 결코 실패를 모르는 선장이려니 굳게 믿었다.

마침내 이타케에 도착한 우리는 가파른 바위 절벽에 둘러싸인 항구로 들어섰다. 망루에 배치된 사람들이 봉홧불을 올려 우리가 온다고 미리 알렸는지, 항구는 인파로 북적였다. 제법 우렁찬 환호성이 터지기도 하고, 내가 안내를 받아 뭍에 오를 때는 내 모습을 보고 싶어 하는 사람들끼리 밀치락달치락하느라 소동이 벌어지기도 했다—오디세우스가 사명을 완수해 공주와 결혼했고, 드디어 신부와 함께 값비싼 예물을 대동하고 돌아왔다는 가시적 증거가 바로 나였기 때문이다.

그날 밤 성내의 귀족들을 위한 잔치가 열렸다. 나는 반짝이는 베일을 쓰고, 내가 가져간 옷 중에서 가장 아름답게 수놓은 옷을 입고, 내가 데려간 시녀를 거느리고 그 자리에 참석했다. 그 시녀는 아버지의 결혼 선물이었다. 이름은 악토리스였는데, 그녀는 나와 함께 이타케로 오게 된 것을 조금도 기뻐하지 않았다. 스파르타 왕궁의 호사스러운 생활과 그곳에서 함께 일하던 친구들 곁을 떠나고 싶지 않았기 때문이다. 나로서도 뭐라고 할 수 없는 일이었다. 그녀는 그때 벌써 나이가 꽤 많아—우리 아버지도 꽃다운 아가씨를 딸려보낼 만큼 어리석지는 않았는데, 자칫하면 나의 연적이 되어 오디세우스의 사랑을 가로챌 수도 있고, 더구나 밤새도록 우리의 침실 밖에서 아무도 방해하지 못하도록 지키는 일이 그녀의 임무 가운데 하나였으니 더 말할 나위도 없었다—그리 오래 버티지는 못했다. 그녀가 세상을 떠나자 나는 이타케에 홀로 남게 되었다. 낯선 사람들 틈에 낀 이방인 신세였다.

처음에는 남몰래 우는 날이 많았다. 그러나 오디세우스에게 고마움도 모르는 여자로 보이기 싫어 슬픔을 감추려고 노력했다. 그는 처음처럼 변함없이 세심하고 상냥했다. 다만 어른이 어린애를 대하는 듯한 태도였다. 그이는 종종 한 손으로 턱을 괴고 고개를 갸우뚱한 채

풀어야 할 수수께끼인 양 나를 찬찬히 뜯어보곤 했다. 그러나 나는 머지않아 그가 버릇처럼 모든 사람을 그렇게 바라본다는 사실을 알게 되었다.

한번은 그가 내게 이런 말을 했다. 사람들은 누구나 감춰진 문을 하나씩 갖고 있는데, 그것은 바로 마음으로 통하는 문이며, 그 문을 여는 손잡이를 발견하는 일이 자신에게는 대단히 중요하다는 이야기였다. 왜냐하면 마음은 열쇠인 동시에 자물쇠인데, 사람들의 마음을 꿰뚫어보고 그들의 비밀을 알아낼 수 있는 사람은 곧 운명의 세 여신을 다스리고 자신이 가진 운명의 끈을 마음대로 조종할 수 있는 경지에 가까이 간 사람이기 때문이다. 그러나, 그가 서둘러 덧붙이기를, 그런 일을 실제로 해낼 수 있는 사람은 아무도 없다. 신들조차도 운명의 세 여신보다 강한 힘을 갖지는 못했기 때문이다. 그는 그 여신들의 이름을 입 밖에 내지 않았고, 불운을 피하기 위해 침을 뱉었다. 그리고 나는 어두컴컴한 동굴 속에서 생명의 실을 자으며 길이를 재고 뚝뚝 끊어버리는 여신들의 모습을 상상하며 몸서리쳤다.

"나에게도 마음으로 통하는 감춰진 문이 있나요?" 나는 내심 귀엽고 유혹적인 목소리로 들리길 바라며 그에게 물었다. "그 문을 찾았나요?"

그러자 오디세우스는 웃기만 했다. "그건 당신이 말해줘야지." 그가 말했다.

"당신 마음으로 통하는 문도 있어요?" 나는 또 물었다. "내가 그 열쇠를 찾은 건가요?" 그렇게 물으며 얼마나 아양을 떨었는지 돌이켜보면 지금도 부끄러울 따름이다. 헬레네에게나 어울릴 만한 교태였다. 그러나 오디세우스는 이미 돌아서서 창밖을 내다보고 있었다. "항구에 배가 들어왔소. 저 배는 처음 보는군." 그는 눈살을 찌푸렸다.

"혹시 무슨 소식이라도 기다리셨나요?"

"난 언제나 새로운 소식을 기다린다오."

이타케는 지상낙원이 아니었다. 바람이 심한 날도 많았고, 비가 내리는 쌀쌀한 날도 드물지 않았다. 귀족이나 왕족도 내가 보기엔 초라하기 짝이 없고, 왕궁도 꽤 넓긴 했지만 규모가 크지는 않았다.

고향에서 들은 대로 이 나라에는 바위와 염소가 많았다. 그러나 소와 양과 돼지도 있고, 빵을 만들 곡식도 있고, 철따라 배나 사과나 무화과도 가끔 맛볼 수 있어서

식탁이 제법 풍성한 편이었다. 시간이 흐르며 나도 차츰 이곳 생활에 익숙해졌다. 그리고 오디세우스 같은 남편을 둔 것은 결코 하찮은 일이 아니었다. 이 나라에 사는 사람들은 한결같이 오디세우스를 우러러보았고, 그에게 탄원하거나 조언을 구하러 오는 사람도 헤아릴 수 없을 정도였다. 심지어 그의 의견을 들으려고 멀리서 배를 타고 찾아오는 사람까지 있었다. 그이는 제아무리 복잡한 문제라도 거뜬히 해결할 수 있는 사람으로 명성이 높았기 때문이다. 가끔은 문제를 더 복잡하게 만들어 해결하는 경우도 있었지만.

그때까지만 하더라도 그의 아버지 라에르테스와 어머니 안티클레이아는 왕궁에 살고 있었다. 그의 어머니가 오디세우스가 돌아오기만 자나깨나 기다리다 지친 데다, 내 짐작엔 전부터 앓던 위장병까지 겹쳐서 숨을 거둔 것은 좀더 나중의 일이고, 그의 아버지가 아들의 빈자리에 절망해 왕궁을 떠나 오두막집에 기거하며 농사일로 자신을 학대하기 시작한 것도 뒷일이었다. 그런 일들이 벌어진 것은 오디세우스가 떠난 지 여러 해가 지난 뒤였고, 그때까지는 아무런 조짐도 보이지 않았다.

시어머니는 거리감을 주는 여자였다. 언제나 점잔 빼

는 말투였고, 겉으로는 환영하는 척하지만 속으로는 나를 싫어한다는 것을 알 수 있었다. 그녀는 걸핏하면 내가 너무 어리다고 말했다. 그러면 오디세우스는 시간이 지나면 저절로 해결될 문제라고 무덤덤하게 대꾸했다.

처음에 나를 제일 많이 괴롭힌 여자는 오디세우스의 유모였던 에우리클레이아였다. 그녀는—본인 표현에 의하면—언제나 믿음직스러워 널리 존경받는 몸이었다. 오디세우스의 아버지에게 팔려온 뒤로 줄곧 이 가문에서 일했지만, 그는 에우리클레이아를 매우 소중히 여겨 그녀와 동침하는 일조차 삼갔다고 한다. "생각해보세요, 저 같은 종년을!" 그녀는 스스로 대견스러워하며 재잘거렸다. "더구나 그땐 저도 꽤 예뻤는데 말이에요!" 그러나 몇몇 시녀가 얘기해주기로 라에르테스가 자제했던 이유는 에우리클레이아를 존중해서가 아니라 아내가 무서워서였다. 첩을 들이는 순간부터 한시도 평화롭지 못할 테니까. "안티클레이아님은 헬리오스*의 불알도 얼어붙게 만들 정도라니까요." 한 시녀는 말

---

* 아폴론 이전의 태양신.

했다. 그녀의 방자한 언동을 꾸짖어야 마땅했지만 도저히 웃음을 참을 수 없었다.

에우리클레이아는 나를 돌봐주기로 마음먹고 왕궁의 이곳저곳을 안내했다. 무엇이 어디에 있는지 보여주고, 또한 그녀가 몇 번이나 말했듯이 "우리네가 사는 방식"도 가르쳐주기 위해서였다. 그때 나는 그냥 입에 발린 말이 아니라 진심으로 그녀에게 고마워했어야 했다. 예의범절에서 실수를 저지르는 것만큼 당혹스러운 일도 없는데, 그것은 곧 자기 주변에 있는 사람들의 관습을 잘 모른다는 증거이기 때문이다. 웃을 때 입을 가려야 하는지, 베일은 어떤 경우에 써야 하는지, 베일을 쓸 때는 얼굴을 얼마나 감춰야 하는지, 목욕물은 얼마 만에 한 번씩 준비해달라고 해야 하는지 — 에우리클레이아는 그런 온갖 문제의 전문가였다. 나로서는 천만다행이었다. 시어머니 안티클레이아는 — 정작 그런 것들을 나에게 가르쳐줘야 할 사람인 — 내가 바보 같은 짓을 해도 아무 말 없이 그저 딱딱한 미소를 지으며 조용히 앉아 있기만 했기 때문이다. 안티클레이아는 그토록 애지중지하는 아들 오디세우스가 그런 막중대사를 멋지게 성공시켜 기뻐했지만 — 스파르타의 공주는 결코 얕 잡아볼 수 없는 존재니까—만약 이타케로 오는 도중에 내가 뱃멀미로 죽어버려 오디세우스가 신부 없이 결혼 예물만 달랑 들고 고향에 돌아왔다면 더욱 기뻐했을 것이다. 그녀가 나에게 가장 많이 했던 말은 "안색이 별로 안 좋구나"였다.

그래서 나는 될 수 있으면 시어머니를 피하고 에우리클레이아와 어울려 다녔다. 적어도 에우리클레이아는 붙임성 있는 사람이었다. 그녀는 인근의 귀족 가문에 대해서도 어마어마하게 많은 정보를 알았다. 그래서 나는 그들의 불미스러운 일을 많이 알게 되었고, 그것은 나중에 큰 도움이 되었다.

그녀는 하루종일 끊임없이 재잘거렸다. 특히 오디세우스에 대해서는 세계 최고의 전문가였다. 그가 무엇을 좋아하고 그를 어떻게 대해야 하는지, 모든 것을 속속들이 알았다. 그가 아기였을 때 젖을 물리고, 어린애였을 때 보살펴주고, 청소년이 되었을 때 가르치기까지 했으니 당연한 일이 아닌가? 그를 목욕시키고, 어깨에 기름을 발라주고, 아침식사를 준비하고, 귀중품을 보관하고, 옷들을 정돈하는, 그 모든 일이 그녀의 몫이었다. 그녀 때문에 나는 남편에게 해줄 일이 아무것도 없었다. 아내로서 아주 사소한 일이라도 한번 해보려고 하면 당장 그녀가 나타나 오디세우스가 좋아하는 방식이 아니라고 말했다. 내가 그를 위해 만든 옷까지 생트집을 잡았다―너무 가볍다, 너무 무겁다, 너무 두껍다, 너무 얇다. "청지기에겐 이 정도로 충분하겠지만 오디세우스 님에겐 어림도 없어요."

그러나 그녀는 나름대로 나에게 호의를 보이려고 노력했다. "오디세우스 님에게 튼튼한 아드님을 낳아드리려면 우선 살부터 좀 찌셔야겠어요. 그게 마마의 임무니까. 나머지는 모두 저한테 맡기세요." 그나마 말동무로 삼을 만한 사람이라고는 그녀밖에 없었으므로―물론 오디세우스도 있었지만―나는 머지않아 그녀를 받아들였다.

이윽고 텔레마코스가 태어나자 그녀는 그야말로 없어서는 안 될 존재가 되었다. 이 말을 해두지 않으면 내가 염치없는 사람이 되어버릴 듯싶다. 진통이 너무 심해 말도 할 수 없을 때 그녀는 아르테미스*에게 기도를

---

* 다산, 순결, 사냥, 달의 여신.

올렸고, 내 손을 잡고 이마의 땀을 닦아줬고, 아기를 받아 씻기고 따뜻하게 감싸줬다. 그녀는—본인이 몇 번이나 말했듯이—정말 아기에 대해서는 모르는 게 없었다. 아기에게만 쓰는 특별한 언어까지 있었다. 뜻도 없는 언어였다. 가령 텔레마코스를 목욕시킨 후 물기를 닦아줄 때는 이렇게 읊조렸다. "쭈꾸쭈꾸! 아글다글, 푸르르!" 나의 오디세우스, 가슴팍이 두툼하고 목소리도 굵은, 구변 좋고 설득력 뛰어나고 위엄이 철철 넘치는, 그런 오디세우스도 아기였을 때는 그녀의 품에 안겨 저렇게 말도 안 되는 헛소리를 들었겠지 생각하니 왠지 마음이 뒤숭숭했다.

그렇다고 텔레마코스를 보살피는 일을 차마 그녀에게서 빼앗을 수는 없었다. 그녀에게 텔레마코스는 끝없는 기쁨의 샘이었다. 누가 보면 친자식으로 오해할 정도였다.

오디세우스도 나를 자랑스러워했다. 물론 당연한 일이었다. "헬레네는 아직도 아들을 못 낳았는데 말이오." 내가 기뻐할 만한 소리였다. 물론 기뻤다. 그러나 한편으로는 이런 생각도 들었다. 어째서 아직도—어쩌면 한시도 잊지 못하고—헬레네를 생각할까?

제10장

텔레마코스의 탄생

코러스라인 · 목가

아홉 달 동안 어미의 피, 그 포도줏빛 바다 건넜더라

가냘프고 아련한 배, 육신이라는 배에 실려,

무서운 밤의 동굴, 잠과 고달픈 꿈의 동굴 벗어나,

거대한 어미의 위태로운 바다를 허위허위 그렇게 건넜더라

떠나온 동굴은 머나먼 곳,

운명의 세 여신이, 섬뜩한 일에 골몰하는 곳,

인생이라는 실을 뽑고, 길이를 재고, 끊어버리고

여인들의 인생도 두루 엮어 이리저리 꼬아내는 곳.

그리고 장차 그 아비의 무자비한 명에 따라,

그의 손에 죽게 되는 여기, 우리 열두 명도
아련하고 가냘픈 배, 육신이라는 배를 타고
손발 저리고 몸도 부은 어미의 거친 바다, 허덕허덕 그렇게 건넜더라
우리의 어미는 왕비가 아니라, 각양각색 어중이떠중이
농노에게 이방인에게 더러 사들이고, 맞바꾸고, 사로잡고, 납치한 여자였더라.

그와 같은 시기에 아홉 달 여행 끝내고,
해안에 닿은 우리에게 매서운 바람 몰아쳤더라,
그가 아기였을 때 우리 또한 아기였고, 그가 울듯 우리도 울었고,
그가 무력하듯 우리도 무력했으되, 우리가 열 배는 더 무력했더라,

그의 탄생은 고대하고 축하할 일, 우리의 탄생은 그렇지 못했으니.
그의 어미는 어린 왕자를 낳았다. 우리의 어미는 새끼를 낳았을 뿐,
양, 돼지, 개가 낳은 새끼처럼,

말, 사자, 고양이가 낳은 새끼처럼, 알을 깨고 나오는 병아리처럼.

우리는 어린 짐승들, 뜻대로 마음대로 처분할 수 있는,

팔아치우고, 우물에 던지고, 맞바꾸고, 부려먹다가 튼튼하지 않으면 내버려도 되는 것들.

그에겐 아비가 있었으나 우리는 어쩌다 생겨났을 뿐,

크로커스처럼, 장미처럼, 진흙탕에 뒹구는 참새처럼.

우리 인생은 그의 인생과 하나로 꼭꼭 엮였더라.

그가 아이였을 때, 우리도 아이였고

그의 애완동물, 그의 장난감, 그의 누이, 조그마한 친구였더라.

그가 자랄 때 우리도 자랐고, 함께 웃고, 함께 뛰었으나

우리는 더 까칠하고 굶주렸으며 햇볕에 얼룩덜룩, 고기맛 보는 날도 드물었더라.

그는 우리를 의당 제 것으로 여겼으니, 어떻게 쓰든 자기 뜻대로

그를 보살피고 그를 먹이고, 씻겨주고, 놀아주고,

위태로운 배가 되어 그를 태우고 흔들흔들 재워주는 존재로만 생각했더라.

우리의 바위섬, 염소들의 섬, 항구 근처 바닷가 모래
밭에서
그와 더불어 뛰놀 때는 미처 몰랐으나
그는 장차 우리를 죽일, 냉혹한 살인자로 자랄 운명
이었더라.
미리 알았더라면 그날 물에 빠뜨려 죽여버렸을까?
아이들은 잔인하고 이기적이며, 누구나 살고 싶기 마
련이니까.

십이 대 일 중과부적, 도저히 당해내지 못했을 텐데.
과연 그럴 수 있었을까? 아무도 안 볼 때, 일 분이면
충분한데?
아이를 돌보는 손, 그러나 아직 천진한 아이들의 손
으로
아직 천진한 그 아이의 머리를 물속으로 밀어넣고
애꿎은 파도나 탓하면 그만인데. 과연 그럴 수 있었
을까?
운명의 여신들에게 물어보아라, 남자들과 여자들의
인생살이 이리저리 엮어, 핏빛 혼돈을 만드는 그들.

인생사 어찌 바뀌었을지 그들만 알리니.

우리의 속마음도 그들만 알리니.

우리는 영원토록 대답하지 않으리라.

제11장

내 인생을 망친 헬레네

시간이 흐르며 시집살이에 좀더 익숙해졌지만 내게는 별다른 권한이 없었다. 집안 대소사는 모두 에우리클레이아와 시어머니가 결정하고 꾸렸기 때문이다. 물론 왕국을 다스리는 일은 오디세우스의 몫이었고, 시아버지 라에르테스는 이따금씩 쓸데없이 끼어들어 아들의 결정을 문제삼거나 지지하는 정도가 고작이었다. 말하자면 누구의 말이 더 중요한지를 놓고 서로 밀고 당기는 평범한 집안싸움이었다. 그러나 한 가지에 대해서만은 모두 의견이 일치했다. 적어도 내 말은 그리 중요하지 않다는 것.

특히 스트레스를 받을 때는 식사시간이었다. 물밑에서 너무 많은 일이 벌어졌다. 남자들은 걸핏하면 토라지거나 으르렁거렸고 시어머니는 불만스러운 표정으로 침묵을 지켰다. 내가 말을 걸어도 거들떠보지 않고 발판이나 식탁을 내려다보며 대꾸했다. 가구들을 상대로 얘기하기에나 걸맞을 무뚝뚝하고 퉁명스러운 말투였다.

머지않아 나는 어떤 일에도 끼어들지 않고 텔레마코스를 돌보는 데만 전념하는 편이 한결 속 편하다는 것을 알게 되었다. 그러나 에우리클레이아 때문에 그마저 여의치 않았다. "마마도 아직 어린애나 마찬가지잖아요." 그녀는 내 아기를 품에서 빼앗아가며 말했다. "자, 왕자님은 제가 봐드릴 테니 마마는 어서 가서 즐기세요."

그러나 무엇을 하며 즐기란 말인가. 여느 농부의 딸이나 계집종처럼 낭떠러지나 바닷가를 한가롭게 거니는 것은 생각조차 할 수 없었다. 외출할 때마다 시녀 두 명을 거느리고 다녀야 했기 때문이다. 언제나 체통을 지켜야 했다. 왕의 아내는 끊임없이 남들의 시선을 의식해야 한다. 그런데 시녀들은 예법대로 몇 걸음 뒤에서 나를 따라왔다. 나 혼자 화려한 옷차림으로 걸어가노라면 구경거리가 된 기분이었다. 뱃사람들이 뚫어져라 쳐다보고 마을 여자들도 속닥거렸다. 게다가 나이와 지위가 엇비슷한 친구라고는 한 명도 없었으니 그런 소풍이 즐거울리 만무했다. 자연스레 바깥나들이도 점점 뜸해졌다.

나는 이따금씩 안마당에 앉아 양털로 실을 꼬면서, 헛간에서 허드렛일을 하는 궁녀들이 웃고 노래하고 킥 킥거리는 소리에 귀를 기울였다. 비가 내리는 날이면 일감을 후궁으로 가져갔다. 적어도 그곳에 가면 언제나 노예 몇몇이 베틀에서 일하고 있어 나 혼자가 아니었기 때문이다. 베짜기라면 나도 웬만큼 좋아했다. 느리고 율동적이고 마음을 안정시켜주는 일이기도 하거니와, 그 일을 하는 동안에는 시어머니조차 내가 하릴없이 빈둥거린다고 나무랄 수 없었기 때문이다. 물론 시어머니가 대놓고 그런 말을 한 적은 한 번도 없었지만 세상에는 소리 없는 비난이라는 것도 있다.

나는 우리 방—즉 오디세우스와 내가 함께 쓰는 방에서 많은 시간을 보냈다. 바다가 내다보이는 방이었는데, 비록 스파르타의 내 방처럼 화려하지는 않았지만 그만하면 아주 훌륭했다. 오디세우스는 이 방에 특별한 침대를 마련했는데, 땅속에 뿌리내린 올리브나무를 다듬어 침대 기둥 하나로 삼은 것이었다. 그렇게 하면 아무도 침대를 다른 곳으로 옮길 수 없으며 그곳에서 잉태된 아이에게 행운이 온다고 오디세우스는 설명했다.

이 침대 기둥은 막중한 비밀이었다. 이에 대해 아는 사람은 오디세우스, 내 시녀 악토리스—하지만 지금은 세상을 떠나고 없다—그리고 나, 이렇게 셋뿐이었다. 오디세우스는 짐짓 험상궂은 표정을 지으며 만약 이 기둥에 대해 어떠한 소문이라도 나돈다면 그건 내가 다른 사내와 동침했다는 증거일 거라고 말했다. 그리고 자기 딴에는 장난스러운 표정이랍시고 눈살을 잔뜩 찌푸리면서, 만약 그런 일이 생긴다면 몹시 화가 나서 나를 토막내거나 대들보에 목매달아 죽여버리겠다고 했다.

나는 무서워하는 체하며, 그의 굵은 기둥을 배신하는 짓은 절대로, 절대로 안 하겠다고 맹세했다.

사실은 정말 무서웠다.

그러나 우리가 가장 즐거운 시간을 보낸 것도 바로 그 침대에서였다. 나와 사랑을 나누고 나면 오디세우스는 언제나 대화를 원했다. 그이는 내게 많은 이야기를 들려줬다. 물론 자기 자신에 대한 이야기도 있었다. 자기가 했던 사냥이나 노략질에 대한 이야기, 그이만이 시위를 메길 수 있는 특별한 활에 대한 이야기, 기발한 창의력과 변장 및 책략의 재간 때문에 옛날부터 아테나 여신의 총애를 받았다는 이야기 등등. 그러나 더러는

다른 이야기도 있었다―아트레우스*의 가문에 저주가 내린 이야기, 페르세우스가 하데스에게서 투명 모자를 얻어 흉악한 고르곤의 목을 베어버렸다는 이야기, 그리고 그 이름도 유명한 테세우스와 친구 페이리토스가 열두 살도 채 안 된 내 사촌언니 헬레네를 유괴했던 이야기 등등. 테세우스와 페이리토스는 장차 헬레네가 다 자랐을 때 누가 그녀와 결혼할지 제비뽑기로 정할 속셈으로 그녀를 어딘가에 숨겨놓았다. 테세우스가 헬레네를 겁탈하지 않은 것은 이례적인 일인데, 당시 그녀가 너무 어렸기 때문이라는 말이 있다. 아무튼 그후 헬레네의 두 형제가 아테나이인을 상대로 전쟁을 일으켜 승리를 거두고 그녀를 구출했다.

이 마지막 이야기는 나도 이미 알고 있었다. 다름 아닌 헬레네에게 직접 들었다. 그러나 그녀가 말한 내용은 전혀 달랐다. 테세우스와 페이리토스는 그녀를 볼 때마다 거룩한 아름다움에 넋을 잃었고, 그래서 기껏해야 그녀의 무릎을 부여잡고 자신들의 무례함에 대해 용

---

* 미케나이의 왕으로, 아가멤논과 메넬라오스의 아버지.

서를 빌었을 뿐 그 이상은 엄두도 내지 못했다고 한다. 이 이야기에서 헬레네가 가장 흡족해한 부분은 아테나이 전쟁 당시 죽어간 남자들의 숫자였다. 그녀는 그들의 죽음을 곧 자신에 대한 찬사로 여겼다. 사람들이 그녀를 지나치게 찬양하고 선물을 아낌없이 갖다바치며 온갖 형용사를 남발하는 바람에 자기가 굉장히 잘난 줄 알게 되었으니 딱한 일이 아닐 수 없다. 그녀는 신의 딸이므로—그렇게 굳게 믿었다—신들처럼 무슨 짓을 해도 괜찮다고 생각했다.

나는 종종 이런 생각을 했다. 만약 헬레네가 그렇게 허영심에 부풀지만 않았더라면 그녀의 이기심과 비뚤어진 욕망 때문에 우리 모두가 온갖 고통과 슬픔을 겪는 일도 없지 않았을까? 만약 그랬다면 그녀도 평범한 삶을 살지 않았을까? 그러나 천만에—평범한 삶은 따분하기 마련인데 헬레네는 야심만만했다. 유명해지고 싶어했다. 군계일학처럼 홀로 돋보이고 싶어했다.

텔레마코스가 첫돌을 맞이했을 때 불행이 찾아왔다. 오늘날 세상이 다 알듯이 바로 헬레네 때문이었다.

재난이 닥쳤다는 소식을 처음 들은 것은 우리 항구에

들어온 어느 스파르타 배의 선장을 통해서였다. 이 배는 우리의 외딴섬들을 둘러보며 노예를 매매하는 중이었는데, 일정한 지위를 가진 손님에게 늘 그랬듯이 우리는 그 선장에게도 만찬을 베풀고 하룻밤 재워줬다. 그런 방문객은 새로운 소식을 전해주는 반가운 존재였는데—누가 죽었다느니, 누가 태어났다느니, 최근에 누가 결혼했다느니, 누가 결투를 벌여 누구를 죽였다느니, 누가 어느 신에게 자식을 제물로 바쳤다느니—이 선장이 가져온 소식은 정말 놀라웠다.

그는 헬레네가 트로이아의 왕자를 따라 도망쳤다고 말했다. 왕자—이름은 파리스였다—는 프리아모스 왕의 둘째 아들이고 대단한 미남으로 알려졌다. 첫눈에 반해버린 사랑이었다. 아흐레에 걸쳐 잔치가 계속되는 동안—메넬라오스가 왕자의 고귀한 신분을 감안해 열어준 것이었다—파리스와 헬레네는 남몰래 연모의 시선을 주고받았다. 그러나 메넬라오스는 아무것도 눈치채지 못했다. 별로 놀라운 일도 아니었다. 세상에서 둘째가라면 서러울 만큼 미련하고 둔해빠진 인간이었으니까. 보나마나 그는 헬레네의 허영심을 충분히 어루만져주지 못했을 테고, 헬레네는 그런 사람을 간절히 원했을 것이다. 결국 메넬라오스가 장례식 참석차 나간 사이* 두 연인은 파리스의 배에 금은보화를 욕심껏 쟁여 싣고 슬그머니 빠져나갔다.

메넬라오스는 노발대발했고, 그의 형 아가멤논도 가문의 명예가 짓밟혔다는 사실에 분노했다. 그들은 트로이아로 사신을 보내 헬레네와 약탈품을 돌려달라고 요구했지만 사신들은 빈손으로 돌아왔다. 한편 파리스와 못돼먹은 헬레네는 트로이아의 드높은 성벽 뒤에 숨어 그들을 비웃었다. 우리의 손님은 이거야말로 굉장한 사건이라고 말했는데, 재미있어하는 기색이 역력했다. 누구나 그렇듯이 이 선장도 고귀한 신분을 가진 사람들이 개망신당하는 상황을 즐거워했다. 그는 요즘 다들 그 사건에 대해 입방아를 찧느라 여념이 없다고 했다.

오디세우스는 그 이야기를 듣는 내내 침묵을 지켰지만 안색이 창백했다. 그리고 그날 밤 내게 근심의 이유를 털어놓았다. "우린 모두 맹세를 했소. 신성한 말 한 마리를 토막내며 맹세했으니 절대로 어길 수 없소. 그

---

* 그는 외할아버지 카트레우스의 장례식에 참석하기 위해 크레타 섬으로 떠났다.

맹세를 했던 사람들은 이제 모두 불려가서 메넬라오스의 권리를 옹호하게 될 거요. 트로이아로 가서 전쟁을 치르고 헬레네를 되찾아야지." 그는 그 일이 결코 쉽지 않을 거라고 했다. 트로이아는 강국이었다. 헬레네의 형제들이 같은 이유로 초토화시켰던 아테나이와는 비교할 수도 없을 만큼 힘겨운 상대였다.

헬레네는 걸어다니는 독약과 같으니 차라리 궤짝에 가둬 캄캄한 지하실에 처박아야 한다고 말하고 싶었지만 간신히 참았다. 그리고 이렇게 물었다. "당신도 가야 하나요?" 오디세우스도 없는 이타케에 혼자 남아야 한다니, 생각만 해도 끔찍했다. 왕궁에 홀로 남은 내게 무슨 낙이 있겠는가? 내가 **홀로**라고 말한 까닭은 친구도 없고 내 편도 없었기 때문이다. 이젠 에우리클레이아의 독단적인 행동과 시어머니의 싸늘한 침묵을 상쇄하던 한밤의 쾌락도 즐길 수 없을 터였다.

"나도 맹세했소." 오디세우스가 이렇게 대답했다. "아니, 그 맹세를 생각해낸 사람이 바로 나요. 이제 와서 나만 쏙 빠지긴 어렵겠소."

그래도 시도는 해봤다. 예상대로 아가멤논과 메넬라오스가 나타났을 때—숙명적인 세번째 인물도 함께였는데, 다른 사람들과 달리 이 팔라메데스는 결코 바보가 아니었다—오디세우스는 미리 대비하고 있었다. 자기가 미쳤다는 소문을 퍼뜨린 후, 농부의 우스꽝스러운 모자를 쓰고 황소와 당나귀를 몰아 밭을 갈면서 이랑마다 씨앗 대신 소금을 뿌렸다. 세 명의 손님은 그 애처로운 광경을 직접 눈으로 봐야겠다며 들판으로 나갔는데, 내 딴에는 영리한 꾀를 부린답시고 그들을 따라나갔다. "저것 보세요." 나는 울면서 말했다. "이젠 저도 못 알아보고 어린 아들도 못 알아보잖아요!" 나는 그들에게 증명해 보이려고 아기까지 함께 데려갔다.

오디세우스의 속임수는 팔라메데스 때문에 탄로났다—그가 내 품에서 텔레마코스를 빼앗아 쟁기를 끄는 짐승들 앞에 내려놓았다. 오디세우스로서는 방향을 바꾸거나 아들을 짓밟고 지나가는 수밖에 없었다.

그래서 결국 전쟁터로 떠나게 되었다.

세 사람은 신탁을 들먹이며 오디세우스에게 알랑거렸다. 그가 도와주지 않으면 절대로 트로이아를 함락시킬 수 없다고 했다. 출발 준비를 서두르게 된 것도 무리는 아니었다. 반드시 자기가 필요하다는데 어느 누가 마다할 수 있겠는가?

제12장

기다림

그후의 십 년에 대해 무슨 말을 해야 좋을까? 오디세우스는 트로이아로 떠났다. 나는 이타케에 남았다. 해는 매일같이 떠올라 하늘을 가로질러서 서산으로 기울었다. 가끔 해를 보며 헬리오스의 불타는 전차라고 상상했다. 날마다 모습이 달라지는 달도 똑같은 과정을 밟았다. 가끔 달을 보며 아르테미스의 은빛 배라고 상상했다. 봄 여름 가을 겨울이 정해진 대로 차례차례 지나갔다. 바람이 자주 불었다. 텔레마코스는 많은 양의 고기를 먹어치우고 모든 이의 아낌없는 사랑을 받으며 하루가 다르게 무럭무럭 자라났다.

우리는 트로이아와의 전쟁 소식을 전해들었다. 때로

는 좋은 소식이었고 때로는 나쁜 소식이었다. 음유시인들은 유명한 영웅에 대해 노래했다—아킬레스 아가멤논 아이아스 메넬라오스 헥토르 아이네이아스 기타 등등. 그러나 나는 그들에게 눈곱만큼도 관심이 없었다. 오디세우스의 소식을 기다릴 뿐이었다. 언제쯤 그이가 돌아와 나의 권태를 덜어주려나? 그이도 노래에 등장했는데, 나는 그런 순간을 마음껏 음미했다. 어떤 날 그이는 고무적인 열변을 토했고, 어떤 날은 서로 반목하는 무리를 결속시켰고, 어떤 날은 놀라운 기만술을 생각해냈고, 어떤 날은 슬기로운 조언을 했고, 또 어떤 날은 도망친 노예로 변장하고 트로이아에 잠입해 헬레네와 이야기를 나누었는데, 그때 그녀는—노랫말에 의하면—손수 그이를 목욕시키고 향유를 발라줬다.

그 부분은 별로 마음에 들지 않았다.

마침내 어느 날, 그는 목마 속에 병사들을 감추는 계략을 세웠다. 곧이어—봉화대에서 봉화대로 소식이 전해졌다—트로이아가 함락되었다. 그 도시에서 엄청난 대학살과 노략질을 자행했다는 이야기도 들렸다. 거리는 피로 붉게 물들고 왕궁에서도 불길이 치솟아 하늘을 뒤덮었다고 한다. 죄 없는 사내아이들이 절벽에서 내던져졌다. 트로이아의 여자들은 전리품과 함께 분배되었고 프리아모스 왕의 딸들도 예외가 아니었다. 그리고 마침내 간절히 기다리던 소식이 도착했다. 그리스의 배들이 제가끔 고국을 향해 출발했단다.

그다음은 감감무소식이었다.

날이면 날마다 왕궁의 꼭대기 층에 올라가 항구 쪽을 굽어보았다. 날이면 날마다 아무런 조짐도 보이지 않았다. 이따금 배가 들어오기도 했지만 내가 간절히 보고 싶어하는 배는 아니었다.

다른 배에 실려 여러 가지 소문이 들려왔다. 어떤 소문은 오디세우스와 그 부하들이 첫 기항지에서 술에 취했을 때 부하들이 반란을 일으켰다고 했고, 또 어떤 소문은 그게 아니라 마법의 식물을 먹고 기억을 잃어버린 부하들을 오디세우스가 꽁꽁 묶어 배에 실어 구했다고 했다. 어떤 소문은 오디세우스가 외눈박이 거인 키클롭스와 싸웠다고 했고, 또 어떤 소문은 그게 아니라 상대는 외눈박이 술집 주인이었을 뿐이며 술값을 내지 않아 싸움이 벌어졌다고 했다. 어떤 소문은 몇 명이 식인종에게 잡아먹혔다고 했는데, 또 어떤 소문은 그게 아니라 서로 귀를 물어뜯거나 코피를 흘리거나 칼로 찌르거나 살을 베어내는 흔해빠진 패싸움에 불과했다고 했다. 그리고 어떤 소문은 오디세우스가 어느 마법의 섬에서 한 여신의 손님이 되었다고 했다. 그녀는 그의 부하들을 돼지로 둔갑시켰지만—내 생각엔 별로 어려운 일도 아니었을 것 같다—곧 오디세우스를 사랑하게 되어 부하들을 도로 사람으로 돌려놓았고, 죽지 않는 여신은 듣도 보도 못한 맛좋은 음식을 직접 만들어 그에게 먹이고 둘이 밤마다 황홀한 정사에 몸을 맡긴다고 했다. 그러나 또 어떤 소문은 그게 아니라 그곳은 그저 값비싼 매음굴일 뿐이고 오디세우스는 여자 포주의 식객으로 지낸다고 했다.

말할 필요도 없겠지만 음유시인들은 그런 화제를 적잖이 부풀려놓았다. 내 앞에서는 언제나 고상한 노래만 불렀다. 주로 오디세우스가 지혜와 용기와 지략을 발휘하며 불가사의한 괴물과 싸우고 여신의 사랑을 받는다는 내용이었다. 그리고 오디세우스가 집으로 돌아오지 못하는 유일한 이유는 신—일부에 따르면 바다의 신 포세이돈—의 미움을 산 탓인데, 그가 눈을 멀게 한 키클롭스가 바로 포세이돈의 아들이기 때문이라고 했다.

오디세우스를 미워하는 신이 여럿이라는 말도 있었다. 그 밖에도 운명의 여신들 때문이라는 둥, 또다른 무엇 때문이라는 둥. 아무튼 그렇게 막강한 신이 방해하지 않고서야 어찌 오디세우스가 이토록 사랑 넘치고 사랑스러운— 음유시인들은 내 비위를 맞추려고 넌지시 말하곤 했다— 아내의 품으로 바삐 돌아오지 않으랴.

터무니없이 과장된 내용일수록 그들은 내게 더욱더 값비싼 선물을 기대했다. 나는 언제나 그들의 기대에 부응했다. 좀처럼 소식을 듣지 못해 궁금할 때는 명백한 거짓말이라도 조금은 위안이 되는 법이니까.

시어머니가 돌아가셨다. 기다림에 지쳐 그녀는 굳어가는 진흙처럼 주름투성이가 되었고, 오디세우스가 영영 돌아오지 못하리라 믿었다. 그리고 그것은 헬레네가 아니라 내 잘못이라고 생각했다. 오디세우스가 쟁기질하는 밭에 내가 아기를 데려가지만 않았더라면! 늙은 에우리클레이아는 더 늙어버렸다. 시아버지 라에르테스도 마찬가지였다. 그는 왕궁 생활에 흥미를 잃고 시골로 내려가 자신의 농장에서 이리저리 헤매고 다녔는데, 그곳에 가면 꾀죄죄한 옷차림으로 배나무에 대해

중얼거리며* 비틀비틀 걸어가는 그의 모습을 볼 수 있었다. 나는 그가 정신이 좀 이상해졌다고 생각했다.

이제 오디세우스의 방대한 재산을 나 혼자서 관리해야 했다. 스파르타에서 살던 시절에는 그런 일을 전혀 배우지 못했다. 누가 뭐래도 나는 공주였고, 일은 다른 사람들이나 하는 것이었다. 어머니는 왕비였지만 바람직한 본보기가 되어주지 못했다. 그녀는 호화로운 왕궁에서 즐겨 먹는 음식을 좋아하지 않았다. 왕궁의 주식은 큼직큼직하게 썰어놓은 고깃덩어리였기 때문이다. 어머니는—기껏해야—작은 생선 한두 마리에 해초를 곁들여 먹는 정도가 전부였다. 생선을 날것으로 머리부터 씹어먹었는데, 나는 소름이 끼치면서도 넋을 잃고 그 모습을 지켜보곤 했다. 참, 그녀의 이가 작고 뾰족했다는 말을 내가 안 했던가?

어머니는 노예들이 자신을 화나게 하면 갑자기 죽여버리기도 했지만—재산으로서의 가치를 이해하지 못

---

* 라에르테스의 농장에는 배나무, 사과나무, 무화과나무 등이 있었다. 그는 그중 일부를 어린 오디세우스에게 주고 일일이 이름을 가르쳐줬다.

했기 때문이다—그들을 부리거나 벌주기는 싫어했고, 베짜기나 물레질도 아주 질색했다. "매듭이 너무 많아. 거미나 하는 짓이라고. 아라크네*한테 시켜." 식료품이나 포도주 저장실, 그리고 왕궁의 거대한 창고에 보관된 '죽음을 피할 수 없는 인간의 황금 장난감'을 관리하는 일은 아예 웃음거리로 삼았다. "나이아스는 셋 이상 세지 못해." 어머니는 말하곤 했다. "물고기는 장부에 적혀 배달되는 게 아니라 떼를 지어 나타나거든. 물고기 한 마리, 물고기 두 마리, 물고기 세 마리, 또 한 마리, 또 한 마리, 또 한 마리! 그게 우리 계산법이란다!" 어머니는 잔물결 같은 웃음을 터뜨렸다. "우리 같은 불사의 존재는 수전노가 아니야—재물을 모으지 않는다고! 다 무의미해." 그러고는 왕궁 분수대에 몸을 담그러 가거나, 돌고래들과 농담을 주고받고 대합조개들에게 장난을 치려고 며칠씩 사라져버리곤 했다.

그래서 이타케의 왕궁에서 나는 아무것도 모르는 상태에서 하나씩 배워가야 했다. 처음에는 모든 일을 좌

---

* 아테나와의 베짜기 시합에 져 거미가 된 여자.

지우지하고 싶어하는 에우리클레이아가 혜살을 놓았지만, 곧 일이 너무 많아 자기처럼 오지랖 넓은 여자도 도저히 감당할 수 없음을 깨달았다. 세월이 흐르면서 나는 물품 목록도 작성하고—노예가 있으면 도난품이 생기기 십상이라 잘 감시해야 한다—왕궁의 식단을 짜거나 의류를 관리하는 일도 하게 되었다. 노예들은 거친 옷을 입었지만 그것도 시간이 가면 해지기 마련이라 그때마다 갈아입혀야 했고, 따라서 길쌈을 하는 일꾼들에게 어떤 옷을 만들지 지시해야 했다. 곡식을 빻는 일꾼들은 노예 중에서도 지위가 제일 낮아 헛간에 갇혀 지냈다—대개 행실이 나빠 그곳으로 보내진 자들인데, 가끔 그들 사이에서 싸움이 벌어지므로 반목이나 원한 관계에 대해서도 알아둬야 했다.

사내종은 허락 없이 계집종과 동침할 수 없었다. 좀 까다로운 문제였다. 상전들처럼 노예들도 사랑에 빠지고 질투심에 사로잡히는데, 그러다 말썽이 생기는 경우도 종종 있었다. 사태가 걷잡을 수 없이 심각해지면 그들을 팔아버리는 수밖에 없었다. 그러나 그 과정에서 귀여운 아이가 태어나면 내가 데리고 있으면서 직접 가르쳐 세련되고 싹싹한 계집종으로 키우기도 했다. 그중 몇몇은 내가 너무 애지중지하다가 버릇을 잘못 들였는지도 모르겠다. 에우리클레이아도 자주 그렇게 말했다.

예쁜이 멜란토도 그중 하나였다.

나는 청지기를 통해 물품을 사들였는데, 곧 흥정하는 솜씨가 야무지다는 평판을 들었다. 농장장을 통해 농장과 가축을 관리하며 새끼를 낳는 암양이나 암소를 돌보는 요령도 알아두고 암퇘지가 제 새끼를 잡아먹지 못하게 하는 방법도 배웠다. 차츰 아는 것이 많아지면서 험하고 불결한 일에 대한 이야기도 재미있어하게 되었다. 가끔 돼지치기가 나를 찾아와 조언을 구한다는 사실에 뿌듯했다.

내 목표는 오디세우스의 재산을 불려 그가 돌아왔을 때 떠날 때보다 더 큰 부자가 되게 하는 것이었는데—양도 더 많고, 소도 더 많고, 돼지도 더 많고, 밭도 더 많고, 노예도 더 많고—마음속에 뚜렷하게 떠오르는 장면 하나가 있었다. 오디세우스가 돌아오면, 그동안 내가 흔히들 남자의 몫이라고 여기는 일들을 얼마나 잘해냈는지 그에게—여자답게 겸손한 태도로—보여주는 장면이다. 물론 그를 대신해 한 일이라고, 오로지 그를 위해 일했다는 말도 잊지 말고 덧붙인다. 그 순간 그의 얼굴은 기쁨에 겨워 얼마나 환하게 빛날까! 나를 얼마나 흡족히 여길까! '헬레네를 천 명 준대도 당신과는 안 바꾸겠소.' 그렇게 말하겠지. 당연하지 않은가? 그러고는 다정하게 안아주겠지.

바쁘고 책임도 무거웠지만 나는 어느 때보다 외로웠다. 나에게 현명한 의논 상대가 있었을까? 나 자신 이외의 누군가에게 의지할 수 있었을까? 숱한 밤을 울다가 잠들거나, 신들에게 내 사랑하는 남편을 보내주시든지 아니면 나를 빨리 죽여달라고 기도했다. 에우리클레이아는 나를 진정시키려고 목욕물을 받아주거나 기운을 돋우는 음료를 갖다주곤 했지만 반드시 대가가 따랐다. 그녀는 내게 인내심을 심어주고 고된 일과 본분에 전념할 수 있도록 툭하면 속담을 인용해 나를 성가시게 했다. 이를테면,

해가 하늘에 떠 있는데 우는 여자는
밥그릇을 수북이 채우지 못한다.

또는,

불평하느라 시간을 허비하는 여자는
소가 자랐을 때 고기맛을 보지 못한다.

또는,

여주인이 게으르면 종들도 뻔뻔해져,
시킨 일을 제대로 하지 않고,
도적이나 매춘부나 무뢰배가 되니
매를 아끼면 종을 망친다!

어쩌고저쩌고. 그녀가 조금만 젊었더라면 따귀를 갈겼을 텐데.

그러나 그녀의 잔소리가 효과를 보았는지, 낮 동안에는 나도 명랑하고 희망찬 모습으로 살아갈 수 있었다. 나 자신이 아니라 텔레마코스를 위해서라도 밝은 표정을 지어야 했다. 그에게 오디세우스 이야기를 들려줬다—아버지가 얼마나 훌륭한 영웅인지, 얼마나 잘생겼는지, 그리고 그가 돌아오기만 하면 모든 것이 얼마나 좋아질지.

한편, 항간에서는 나에 대한 호기심이 점점 더 고조되었다. 그렇게 유명한 남자의 아내에 대해서라면—아니, 과부라고 해야 할까?—누구나 궁금해하기 마련이다. 새로운 소문을 실은 외국 배가 더 자주 들어왔다. 이따금씩 염탐꾼도 타고 있었다. 물론 있어서는 안 될 일이지만 혹시 오디세우스가 죽었다고 밝혀진다면 내게 혹은 내 재산에게 청혼을 해도 될지 넌지시 떠보려는 수작이었다. 나는 그런 말을 깨끗이 무시했다. 남편에 대한 소식이—미심쩍어도 소식은 소식이니까—계속 들렸기 때문이다.

어떤 소문은 오디세우스가 영혼의 말을 듣기 위해 망자들의 땅으로 갔다고 했다. 또 어떤 소문은 그게 아니라 박쥐가 우글거리는 캄캄한 동굴에서 밤을 보냈을 뿐이라고 했다. 어떤 소문은 남자를 유혹해 잡아먹는—절반은 새, 절반은 여자의 모습을 한—세이렌의 섬을 지나갈 때 부하들에게 밀랍으로 귀를 막게 하고 자신은 스스로 돛대에 묶였다고 했다. 못 견디게 매혹적인 노래를 듣고 배에서 뛰어내리지 않기 위해서였다. 또 어떤 소문은 그게 아니라 그곳은 시칠리아의 고급 매음선이었다고 했다—그 배의 창녀들은 원래 음악적 재능과 화려한 깃털 의상으로 유명하다나.

대체 어떤 소문을 믿어야 할지 판단하기 힘들었다. 때로는 사람들이 그저 나를 놀라게 해서 내 눈에 고인 눈물을 보려고 일부러 이야기를 꾸며낸다는 생각까지 들었다. 심약한 사람을 괴롭힐 때도 짭짤한 재미가 있으니까.

그러나 어떤 소문이든 아예 없는 것보다는 나았고, 그래서 모든 소문에 열심히 귀를 기울였다. 그런데 몇 년이 더 지나자 소문마저 뚝 끊겨버렸다. 마치 오디세우스가 지상에서 깨끗이 사라져버린 듯이.

제13장

꾀바르신 선장님

코러스라인 · 뱃노래

열두 시녀가 뱃사람 복장을 하고 노래 부른다

오, 꾀바른 오디세우스, 트로이아를 출발했네,
배 위엔 전리품 가득, 가슴엔 기쁨 가득,
아테나 여신께서 아낌없이 총애하는,
거짓말과 속임수와 도둑질의 명수니까!

첫 번째 기항지는 감미로운 로토스* 해변,

---

* 먹으면 세상 모든 시름을 잊고 황홀경에 빠진다는 신비의 열매.

그곳에서 우리 모두 지겨운 전쟁 잊고 지내다
못내 슬퍼 한탄하고 못내 아쉬워하며,
시꺼먼 배 올라타고 다시 떠났네.

다음에는 저 무서운 외눈박이 키클롭스,
우리를 잡아먹으려고 해 눈알을 뽑아버렸네.
내 이름은 '아무도아니'다* 말해놓고 나중에는
기만술의 제왕인 나 오디세우스였노라 자랑하시네!

그 덕분에 선장님께 포세이돈 저주 내려,
이리 가도 졸졸졸, 저리 가도 졸졸졸,
사나운 바람이 집요하게 따라붙어
노련한 뱃사람 오디세우스 귀찮게 하네!

위풍당당 종횡무진, 선장님을 위해 건배!
갯바위에 발 묶여도, 나무 아래 잠들어도,

---

* 오디세우스에게 눈을 잃은 키클롭스의 비명소리를 듣고 다른 거인들이 달려와 누가 그랬느냐고 물었다. 키클롭스가 대답했다. "내 눈을 찌른 놈은 '아무도아니'야." 그러자 다른 거인들은 그냥 돌아가버렸다.

바다 요정 품속에서 빈둥거려도,
우리 또한 그의 곁에 있고 싶어라!

그다음은 저 거인족 라이스트리고네스,
우릴 잡아 송두리째 오독오독 냠냠쩝쩝,
음식을 청하다니, 땅을 치며 후회막급,
오디세우스, 용맹하고 위대한 사내!

키르케의 섬에서 우린 돼지떼가 되었으나,
선장님은 기가 막힌 침실 재간 선보인 후,
여신의 과자 먹고 포도주도 마셔가며,
일 년이나 손님으로 유쾌하게 지냈다네!

그 어디서 헤매시든 선장님을 위해 건배!
망망대해 물거품에 이리 뒹굴 저리 뒹굴
집으로 갈 생각 따윈 안중에도 없으시니
오디세우스, 약삭빠르고 괴팍한 사내!

다음에 찾은 곳은 망자들의 섬,
구덩이에 피를 채워 영혼들을 모아놓고

예언자 테이레시아스 말씀 들었네.
오디세우스, 솜씨 좋은 사기꾼 사내!

그다음은 세이렌의 고운 노래에 도전하니,
깃털 쌓인 무덤으로 유혹하려 하는데도,
돛대에 꽁꽁 묶여 고래고래 외치다가,
그들의 수수께끼 홀로 깨치셨다네!

소용돌이 카리브디스*도 선장님은 못 잡았고,
뱀대가리 스킬라도 낚아채지 못하더라.
집채만한 바위 피해 이리 뛰고 저리 뛰며,
요란하게 떨어져도 콧방귀도 안 뀌시네!

선장님 말씀 거역하고 태양신 가축 잡았는데
고기맛이 죽여주니 그 결과도 죽여줬지.
폭풍 속에 전멸하고 선장님만 살아남아,

---

* 바다의 소용돌이를 의인화한 여자 괴물.

칼립소*의 외딴섬에 혈혈단신 닿으셨네.

입맞춤과 사랑 속에 긴긴 칠 년 보내신 후,
뗏목 타고 탈출하여 이리저리 내몰리다,
나우시카**의 시녀들 빨래하러 나선 길에,
해변에서 흠뻑 젖은 알몸 사내 발견했네!

그리하여 선장님은 모험담을 늘어놓고
산전수전 가시밭길 주절주절 얘기하네.
사람의 앞날이사 그 뉘라서 미리 알꼬
변장의 대가 오디세우스도 별수없었네!

그 어디에 계시든지 선장님을 위해 건배!
땅 위를 걸으시든 바다 위를 떠도시든
우리처럼 이 명부로 내려오진 않았으니—
선장님의 행방이야 우리도 알 길 없어라!

---

*   바다의 요정. 자신의 남편이 되면 불사신으로 만들어주겠다고 오디세우스를 유혹했으나 거절당했다.
** 스케리아 왕국의 공주. 오디세우스를 흠모했지만 이루어지지 않았다.

제14장

구혼자들은 배불리 먹고 마시며

 어느 날 낮에, 정말 낮이었는지는 알 수 없지만, 나는 아스포델을 조금씩 뜯어먹으며 들판을 거닐다가 안티노스*와 마주쳤다. 그는 대개 화려한 옷과 최고급 망토에 황금 브로치 따위로 치장하고 거드름을 피우며 불량스럽게 돌아다니다가 다른 영혼과 마주치면 괜스레 어깨로 툭툭 밀치곤 한다. 그러다가도 나만 보면 곧 자신의 시체로 모습을 바꾼다. 피가 콸콸 쏟아져 앞가슴을 흠뻑 적시고 화살 하나가 목을 꿰뚫은 몰골이다.

---

*　페넬로페의 구혼자들 중에서 가장 악질이었던 두 사람 중 하나.

구혼자 중에서 오디세우스가 제일 먼저 쏴죽인 자였다. 항의의 뜻으로 이렇게 화살을 꽂은 채 연기를 한다. 그러거나 말거나 나에게는 씨도 안 먹힌다. 이 인간은 살아서도 쓰레기였는데 죽어서도 여전히 쓰레기다.

"안녕, 안티노스. 목에 꽂힌 화살 좀 빼면 좋겠는데."

"거룩한 몸매의 페넬로페여, 여인들 가운데 으뜸가는 미모와 지혜의 여인이여, 이건 내 사랑의 화살이라오." 그가 대답했다. "나오기는 오디세우스의 저 유명한 활에서 나왔으되 사실 진짜 잔인한 궁수는 바로 큐피드였지. 내가 당신에게 품었던, 그리고 무덤까지 가져갔던 깊은 열정의 기념으로 이렇게 지니고 다닌다오." 그는 이렇게 번지르르한 말을 길게 늘어놓았다. 살아생전에 많이 연습한 덕분이다.

"그만 좀 해, 안티노스. 우린 이제 죽었다고. 여기 내려와서까지 그렇게 얼빠진 사람처럼 지껄일 필요 없잖아. 그래봤자 아무것도 얻을 게 없는데 말이야. 네 트레이드마크 같은 그 허세는 아무짝에도 쓸모가 없어. 그러니까 한 번이라도 말 좀 듣고 그 화살이나 뽑아버리지. 네 외모에도 전혀 도움이 안 되니까."

그는 매맞은 강아지처럼 애처로운 눈으로 나를 바라

보았다. "살아서도 무정하더니 죽어서도 무정하구려."
그가 한숨을 지었다. 하지만 화살은 사라지고, 핏자국
도 사라지고, 푸르뎅뎅하던 안색도 정상으로 돌아왔다.

"고마워. 한결 낫구나. 이제 우리도 친구가 됐으니까
친구로서 말해봐. 너희 구혼자들은 대체 무슨 생각으로
나와 오디세우스한테 한두 번도 아니고 여러 해 동안이
나 그렇게 못되게 굴다가 기어이 죽음을 자초했니? 미
리 경고했는데도 말이야. 예언자들이 너희의 파멸을 예
고했고, 제우스께서도 새들을 보내 흉조를 보이고 천둥
소리로 암시를 주셨잖아."

안티노스는 한숨을 푹 쉬었다. "신들이 우리를 죽이
고 싶어했소."

"그건 나쁜 짓을 하는 자들이 한결같이 내세우는 핑
계일 뿐이야. 어디 한번 사실대로 말해봐. 물론 내 거룩
한 미모 때문은 아니었겠지. 막판에 난 서른다섯 살이
었고, 근심 걱정으로 날마다 우느라 초췌해졌고, 너나
나나 알다시피 허리도 꽤 굵어졌으니까. 오디세우스가
트로이아로 떠날 무렵에 너희 구혼자들은 아직 태어나
지도 않았거나, 우리 아들 텔레마코스처럼 갓난아기였
거나, 아니면 기껏해야 어린애였으니 어느 모로 보더라

도 난 너희 엄마뻘이었다고. 너희는 나만 보면 다리가 풀린다는 둥, 나랑 잠자리를 해서 아이를 낳고 싶다는 둥 줄곧 헛소리를 했지만 당시 나는 아이를 낳기에도 꽤 나이가 많다는 걸 누구보다 너희가 더 잘 알았잖아."

"그래도 애새끼 하나둘은 그럭저럭 뽑아낼 수 있었겠지." 안티노스가 심술궂게 대꾸했다. 그는 능글맞은 웃음을 제대로 감추지 못했다.

"이제야 좀 들을 만한 말이 나오는군. 난 솔직한 대답이 좋아. 자, 진짜 속셈이 뭐였지?"

"그야 물론 재산이지. 왕국은 말할 것도 없고." 그러면서 이번에는 뻔뻔하게도 아예 터놓고 웃어댔다. "젊은 남자치고 돈 많고 유명한 과부와 결혼하길 마다할 놈이 어디 있어? 과부들은 그짓을 하고 싶어 몸살을 앓는다는데, 특히 당신처럼 남편이 행방불명되거나 죽은 지 오래된 경우라면 더더욱 그렇겠지. 물론 당신이 헬레네는 아니지만 그건 얼마든지 참을 수 있다고. 어둠은 많은 걸 가려주니까! 우리보다 스무 살이나 많은 건 오히려 장점이었지. 우리보다 먼저 죽을 테니까. 물론 우리가 좀더 앞당겨줄 수도 있고. 그렇게만 된다면 당신 재산도 물려받겠다, 젊고 아름다운 공주를 입맛대로 골라잡을 수 있잖아. 설마 우리가 정말 사랑에 눈멀었다고 생각한 건 아니겠지? 생긴 건 별 볼 일 없지만 예나 지금이나 아주 똑똑한 여자니까 말이야."

솔직한 대답이 좋다고 말하기는 했지만 이렇게까지 불쾌한 대답에도 마냥 좋아할 사람은 아무도 없다. "솔직하게 말해줘서 고맙구나." 나는 냉랭하게 쏘아붙였다. "모처럼 진심을 털어놔서 속시원하겠어. 이젠 그 화살을 도로 꽂으렴. 이제야 나도 솔직히 말하지만, 거짓말만 하고 먹을 것만 밝히는 그 모가지에 꽂힌 화살을 볼 때마다 정말 가슴이 벅찰 만큼 짜릿하거든."

구혼자들이 처음부터 등장하지는 않았다. 오디세우스가 떠난 후 처음 구 년인가 십 년 동안은 우리도 그가 어디에 있는지 알았고─트로이아에 있었다─또한 그가 아직 살아 있다는 것도 알았다. 그렇다, 구혼자들이 왕궁을 포위하기 시작한 것은 희망이 차츰 사위어 금방이라도 꺼질 듯 깜박거리면서부터였다. 처음에는 다섯 명이 나타났고, 곧 열 명이 되더니, 금세 오십 명으로 불어났다─숫자가 늘어날수록 더 많은 자들이 꾀어들었다. 마치 끊임없는 향연과 결혼을 빙자한 도박에 혼자만 빠질까봐 불안하다는 듯이. 그들은 죽은 소를 발견한 독수리떼와 다름없었다. 한 놈이 내려앉고, 또 한 놈이 내려앉고, 나중에는 근방의 독수리란 독수리는 모조리 모여들어 시체를 마구 뜯어먹는다.

구혼자들은 날마다 왕궁에 몰려와 내 손님을 자처하며 내게 주인 노릇을 강요했다. 그리고 나의 심약함과 인력 부족을 빌미로 우리 가축을 마음대로 잡아 자기네 하인을 시켜 고기를 구워먹었고, 자기네 집에서 하듯이 내 시녀들을 부려먹고 엉덩이를 꼬집으며 희롱을 일삼았다. 그들이 꾸역꾸역 뱃속으로 밀어넣는 음식의 양은 정말이지 어마어마했다―걸신들린 듯 끊임없이 먹고 마셨다. 저마다 남들보다 더 많이 먹으려고 안간힘을 쓰는 듯했다―그들의 목적은 내게 가난에 대한 두려움을 불러일으켜 저항심을 서서히 누그러뜨리는 것이었다. 그리하여 산더미 같은 고기와 빵, 그리고 강물 같은 포도주가 그들의 목구멍 속으로 남김없이 사라졌다. 마치 땅이 갈라져 모든 것을 삼켜버리는 듯했다. 그들은 내가 자기들 중 한 명을 새 남편으로 선택할 때까지 계속 그러겠다고 큰소리쳤고, 그래서 술에 취해 떠들썩하게 놀다가도 틈틈이 나의 눈부신 미모와 미덕과 지혜에 대해 입에 발린 말을 늘어놓았다.

 내가 그런 얼빠진 찬사를 전혀 즐기지 않았다고는 말할 수 없다. 누구라도 마찬가지일 것이다. 사람들은 누구나 자신을 찬양하는 노래를 듣고 싶어한다. 그 내용을 조금도 믿지 않으면서 말이다. 그러나 나는 그들의 바보짓을 보며 연극이나 광대놀음을 구경한다고 생각하려 노력했다. 그들이 이번에는 또 어떤 새로운 비유를 생각해낼까? 나를 보고 황홀해서 졸도하는 시늉은 누가 가장 그럴싸하게 할까? 나는 순전히 그들의 발전상을 지켜보기 위해 이따금씩—물론 시녀 두 명을 거느리고—그들이 잔치를 벌이는 연회장에 들어가보기도 했다. 대개는 암피노모스가 우세했는데, 그리 정열적인 편은 아니지만 태도가 깍듯했기 때문이다. 솔직히 가끔은 나도 만약 상황이 그렇게 된다면 그들 중 누구와 동침하면 좋을지 혼자 상상해봤음을 고백해야겠다.

 시녀들은 내가 없을 때 구혼자들이 어떤 농담을 주고받았는지 나중에 들려주곤 했다. 그들은 고기와 술을 내다주며 억지로 식사 시중을 들어야 했으므로 말을 엿듣기도 좋았다.

 구혼자들은 자기들끼리 나에 대해 어떤 이야기를 나

녔을까? 여기 몇 가지 사례가 있다. 일등상은 페넬로페의 침대에서 일주일, 이등상은 페넬로페의 침대에서 이 주일. 글쎄, 눈만 감으면 여자는 다 똑같다니까―그냥 그 여자가 헬레네라고 상상해봐. 아랫도리가 벌떡 일어설 테니까, 하하! 그 늙은 여자는 도대체 언제쯤 마음을 정하려는 걸까? 아예 아들놈을 죽여버리자고. 아직 어릴 때 없애버리자― 조그만 녀석이 요즘 내 신경을 북북 긁는단 말이야. 그냥 우리 중에 아무나 가서 그 늙은 암소를 낚아채 도망쳐버리는 건 어때? 아니, 그건 반칙이라고. 다 같이 약속했잖아―누구든 당첨되는 사람이 나머지한테 푸짐한 선물을 주기로 했지? 우린 모두 한배를 탄 거야. 어디 죽기 살기로 해보자고. 물론 우린 살고 그 여자는 죽는 거지. 당첨자는 그 여자가 죽을 때까지 줄창 박아줘야 할 테니까, 하하하.

가끔은 시녀들이 유쾌한 기분에, 혹은 그저 나를 놀리려고 그런 말을 지어내지 않았을까 싶을 때도 있었다. 그들은 내게 이런저런 말을 전하며 은근히 즐기는 듯했는데, 특히 내가 울음을 터뜨리며 잿빛 눈의 아테나 여신에게 하루빨리 오디세우스를 돌려보내주시든지 아니면 나의 고통을 깨끗이 끝내달라고 기도를 올릴 때면 더욱더 그랬다. 내가 울면 곧 그들도 따라 울기 시작해 다 함께 눈물을 흘리며 한탄하거나 내게 기운을 돋우는 음료 따위를 가져다줄 수 있었기 때문이다. 그들에게는 긴장을 푸는 한 방법이었다.

참말이든 거짓말이든 간에 심술궂은 험담을 유난히도 부지런히 챙겨오는 사람은 바로 에우리클레이아였다. 아마도 내가 구혼자들과 그들의 열렬한 호소에 흔들리지 않도록 내 마음을 단련시켜 숨을 거두는 그날까지 정절을 지키도록 하기 위해서였겠지. 그녀는 언제나 오디세우스를 끔찍이도 생각했다.

혈기왕성하고 난폭한 귀족들을 내가 어떻게 막을 수 있었겠는가? 그들은 한창 거들먹거릴 나이였다. 그래서 너그러움에 호소해도, 이성적으로 설득해도, 천벌을 들먹이며 위협해도 막무가내였다. 다른 자들이 겁쟁이라고 놀릴까봐 단 한 명도 물러나려 하지 않았다. 그들의 부모에게 항의해도 소용없었다. 결과적으로는 그들 가족 전체에 보탬이 되는 일이었기 때문이다. 텔레마코스는 너무 어려 그들에게 맞설 수 없었고, 어차피 그애는 혼자인데 그들은 백십이 명, 아니 백팔 명이었나 백

이십 명이었나—하도 많아 도대체 몇 명인지 일일이 헤아릴 수도 없을 정도였다. 오디세우스에게 충성하는 사람들은 그와 함께 트로이아로 떠나버렸고, 남은 사람 중에서 내 편이 되어줄 만한 이들은 상대의 압도적인 숫자에 지레 질려 감히 입을 열지 못했다.

그렇다고 이 달갑잖은 구혼자들을 쫓아내거나 왕궁의 문을 잠가버릴 수도 없었다. 그랬다간 그들은 정말 험악해져 지금처럼 말로 하지 않고 힘으로 빼앗으려고 미쳐 날뛸 것이 뻔했다. 그러나 나는 나이아스의 딸이었다. 나는 어머니의 충고를 기억했다. 그래서 다짐했다. 물처럼 행동하자. 저들에게 맞서려 하지 말자. 저들이 나를 붙잡으려 하면 손가락 사이로 빠져나가자. 바위를 에둘러 흐르는 물처럼 살자.

그래서 짐짓 그들의 구애 행각을 호의적으로 생각하는 체했다. 심지어 이 사람 저 사람을 은근히 부추기거나 남몰래 편지를 보내기까지 했다. 그러나 오디세우스가 영영 돌아오지 못한다고 확신하기 전에는 절대로 그들 중 한 명을 선택할 수 없다고 말했다.

제15장

수의

날이 갈수록 압박은 점점 더해갔다. 나는 종일토록 내 방에 틀어박혀 지냈다—오디세우스와 함께 쓰던 침실에 나 혼자 있기 싫어 후궁에 따로 마련한 방이었다. 나는 침대에 누워 눈물을 흘렸다. 도대체 어찌해야 좋단 말인가? 한 가지 확실한 것은 그 버릇없고 불량한 풋내기들 가운데 어느 누구와도 결혼하기 싫다는 사실이었다. 그러나 내 아들 텔레마코스는 한창 자라는 중이었고—구혼자들과도 별 차이가 없는 나이였다—이제는 나를 얄궂은 시선으로 보기 시작했다. 자기 유산을 구혼자들이 말 그대로 들어먹는 상황이 내 책임이라고 생각하는 듯했다.

차라리 내가 짐을 꾸려 아버지 이카리오스 왕이 있는 스파르타로 돌아가버린다면 텔레마코스에게는 일이 훨씬 간단해질 터였다. 그러나 내가 자발적으로 그렇게 할 가능성은 전혀 없었다. 또다시 바다에 던져지기는 싫었다. 처음에 텔레마코스는 내가 고향으로 돌아가는 편이 자신에게 유리하리라 생각했지만, 다시 생각해본 뒤에는—즉 좀더 계산해본 뒤에는—왕궁에 있는 금은보화 중에서 많은 부분이 내 지참금이므로 내가 가면 그것도 따라간다는 사실을 깨달았다. 그리고 내가 이타케에 남아 애송이 귀족들 중 하나와 결혼할 경우, 그 애송이는 왕이 되고 또한 텔레마코스의 의붓아버지가 되어 그에 대한 권한을 갖게 될 터였다. 자기보다 나이도 그리 많지 않은 녀석에게서 이래라저래라 명령을 받는다면 즐거울 리 없었다.

사실 텔레마코스에겐 나의 명예로운 죽음이 최선의 해결책이었다. 그러나 텔레마코스 자신은 나의 죽음과 아무런 관련도 없어야 했다. 만약 오레스테스*가 했던

---

* 아가멤논과 클리타임네스트라의 아들로, 아버지를 살해한 어머니를 죽였다.

짓을 되풀이한다면—더구나 오레스테스와 달리 정당한 이유도 없이 제 어미를 죽인다면—에리니에스*를 불러들이는 셈이 될 터였다. 머리카락은 뱀, 머리는 개, 날개는 박쥐처럼 생긴 무서운 복수의 여신들이 채찍과 회초리를 움켜쥐고 나타나 컹컹 짖고 쉭쉭거리며 졸졸 따라다닌다면 그는 곧 미쳐버리고 말 것이다. 게다가 가장 천박한 동기—재산의 획득—때문에 어머니를 냉혹하게 살해한 죄는 그 어떤 신전에서도 씻을 수 없고, 결국 그는 내 피를 손에 묻힌 채 미쳐 날뛰다가 끔찍한 죽음을 당하게 되리라.

어머니의 생명은 신성하다. 하다못해 행실이 나쁜 어머니의 생명조차 신성하다—내 못된 사촌언니 클리타임네스트라를 보라. 그녀는 간통을 저지르고 남편을 죽이고 자식들까지 괴롭혔다—그러나 나를 가리켜 행실

---

* 저주와 복수의 여신들. 티탄 신족의 크로노스가 아버지 우라노스의 남근을 잘랐을 때 대지에 떨어진 핏방울에서 태어났다. 그래서 주로 육친 간의 살인처럼 자연의 법도를 어긴 죄를 추궁하는데, 처음에는 그 수가 일정치 않았지만 차츰 세 명으로 한정되었다. 이 작품에는 일반적으로 알려진 것과 달리 열두 명의 에리니에스가 등장한다.

이 나쁜 어머니라고 말하는 사람은 아무도 없었다. 그런데 다른 사람도 아니고 내 아들이 나를 못마땅한 눈으로 바라보며 퉁명스럽게 대하다니, 유쾌하지 않았다.

구혼자들이 극성을 부리기 시작했을 때, 나는 오디세우스가 반드시 돌아온다고 예언했던 신탁의 내용을 그들에게 상기시켰다. 그러나 여러 해가 지나도 그가 나타나지 않자 신탁에 대한 믿음도 점점 약해져갔다. 구혼자들은 애당초 신탁의 뜻풀이가 잘못됐다고 말했다. 신탁이란 원래 애매하기로 악명 높으니까. 심지어 나조차도 신탁을 의심하기 시작했고, 급기야 오디세우스가 죽었을지도 모른다고—적어도 남들에게는—인정해야 했다. 그러나 정말 죽었다면 마땅히 그의 유령이 내 꿈에 나타났어야 하는데 그런 일은 한 번도 없었다. 그가 설령 그늘진 명부에 내려갔더라도 내게 아무 소식도 전하지 못하다니 도저히 믿을 수 없었다.

나는 아무런 비난도 받지 않고 결정의 날을 미룰 방안을 계속 궁리했다. 마침내 한 가지 계책이 떠올랐다. 나중에 이 일에 대해 이야기할 때 나는 베짜기의 여신 팔라스 아테나께서 가르쳐주신 계책이라고 말했다. 어쩌면 그 말이 사실이었는지도 모른다. 어쨌든 이렇게 스스로 생각해낸 묘안을 어떤 신의 계시라고 둘러대는 것은 나중에 그 계책이 성공했을 때 잘난 체한다는 비난을 피하고 혹시 실패하더라도 책임을 모면할 수 있는 좋은 방법이다.

나는 이렇게 했다. 우선 베틀에 긴 베를 짤 준비를 해놓고 이제부터 시아버지 라에르테스의 수의를 만들겠다고 선언했다. 시아버지가 돌아가실 때를 대비해 좋은 수의를 마련해두지 않는다면 불효가 아닐 수 없으니까. 그리고 이 신성한 일이 끝나기 전에 새 남편을 고른다는 것은 차마 상상할 수도 없는 일이지만 수의만 완성되면 곧 그 행운아를 선택하겠노라고 했다.

(라에르테스는 나의 이 애정어린 노력을 그다지 달가워하지 않았다. 이 소식을 들은 뒤로 그는 예전보다 더 왕궁을 멀리했다. 라에르테스가 일찍감치 죽어버린다면 수의가 완성되었거나 말았거나 그에게 입혀 땅에 묻을 수밖에 없고, 그렇게 되면 나의 결혼도 앞당겨질 테니, 혹시 어느 참을성 없는 구혼자가 그의 죽음을 재촉할 수도 있지 않겠는가?)

그렇게 효성스러운 일을 하겠다는데 감히 반대하고

나설 사람은 아무도 없었다. 나는 하루종일 베틀에 앉아 부지런히 베를 짜며 우울한 말을 중얼거렸다. "이 수의는 시아버님보다 나에게 더 잘 어울릴 거야. 나야말로 비참하기 짝이 없는 여자니까, 이건 살아도 사는 게 아니니까." 그러나 밤만 되면 그날 짠 것을 도로 풀어버렸으므로 수의는 조금도 진척이 없었다.

이 고된 일을 도와줄 사람으로 나는 시녀 열두 명을 선택했다— 제일 젊은 아이들이었는데, 그들은 내 곁에서 평생을 살았기 때문이다. 나는 그애들이 아주 어렸을 때 직접 사들이거나 데려와 텔레마코스의 놀이 동무로 길렀고, 왕궁 안에서 알아둬야 할 모든 일을 체계적으로 가르쳤다. 명랑하고 활기찬 아이들이었다. 젊은 시녀들이 다 그렇듯이 가끔은 킥킥거리거나 좀 부산스럽게 굴기도 했지만, 그애들의 수다와 노랫소리를 듣고 있노라면 내 마음도 한결 가벼워졌다. 그애들은 하나같이 목소리가 고왔고, 그런 목소리로 부르는 노래도 제대로 배운 솜씨였다.

이 시녀들은 왕궁 안에서 내가 가장 신임하는 눈과 귀가 되어줬고, 한밤중에 문을 잠가놓고 횃불을 비춰가며 내가 짠 베를 도로 푸는 일을 삼 년 넘게 도와줬다.

물론 매우 은밀하고 조심스러운 일이었으므로 대화도 속닥거리며 나눠야 했다. 그러나 설렘도 없지 않았다 —심지어—유쾌하기까지 했다. 우리는 예쁜이 멜란토가 몰래 가져오는 맛좋은 음식을 나눠 먹었다—제철에 딴 무화과, 벌꿀 바른 빵, 겨울에는 따끈하게 데운 포도주. 우리는 낮에 한 일을 허사로 만들며 이런저런 이야기를 나누었고, 수수께끼를 함께 풀었고, 농담도 주고받았다. 너울거리는 횃불의 불빛 속에서 우리의 표정은 낮에 비해 한결 온화하고 편안했으며, 행동 역시 낮과는 딴판이었다. 우리는 거의 자매와도 같은 사이였다. 그러다가 아침이 오면 부족한 잠 때문에 눈언저리가 거뭇거뭇해진 채 공모자의 미소를 주고받았고, 이따금씩 서로 재빨리 손을 잡아주기도 했다. 그애들은 "예, 마마" "아니옵니다, 마마" 하고 대답했지만 입가에는 웃음기가 묻어 있었다. 마치 그런 비굴한 태도는 우리가 재미삼아 주고받는 장난에 불과하다는 듯이.

그런데 불행하게도 이 아이들 중 한 명이 내 끝없는 베짜기의 비밀을 누설하고 말았다. 틀림없이 실수였으리라 믿는다. 젊은이들은 원래 조심성이 없는 법, 무심코 실언을 했으리라. 누구였는지는 나도 여전히 모른다.

이곳 명부의 어둠 속에서도 그들은 모두 무리 지어 함께 다니는데, 내가 다가갈 때마다 일제히 도망쳐버린다. 내가 자기들에게 큰 상처를 입혔다는 듯이 한사코 나를 피한다. 그러나 내가 그애들을 다치게 하다니, 도저히 있을 수 없는 일이었다. 적어도 내 의도는 아니었다.

엄밀히 말하자면 내 비밀이 탄로난 것은 다름 아닌 내 잘못이었다. 나는 젊은 열두 시녀에게—가장 아름답고 가장 영악한 그애들에게—구혼자들의 주변을 맴돌며 온갖 매력을 총동원해 그들을 염탐하도록 지시했다. 내가 그렇게 시켰다는 사실을 아는 사람은 나 자신과 그 시녀들뿐이었다. 에우리클레이아에게도 그 비밀을 알려주지 않았다—그것이 참담한 실수였음을 뒤늦게 깨달았다.

이 계획은 불행한 결과를 낳았다. 딱하게도 그애들 중 몇몇은 겁탈을 당했고, 몇몇은 유혹에 넘어갔고, 또 몇몇은 심한 강요에 시달리다가 결국 저항하기보다 굴복하는 편이 낫다고 판단했다.

높은 가문이나 왕궁의 손님이 시녀들과 잠자리를 갖는 것은 결코 드문 일이 아니었다. 손님에게 즐거운 밤의 여흥을 제공하는 것이 주인의 미덕으로 간주되었고, 그렇게 후덕한 주인은 손님에게 시녀를 내주는 일도 예사였다—하지만 손님이 가장의 허락도 없이 시녀들을 그런 식으로 이용하는 것은 지극히 이례적인 일이었다. 그런 짓은 도둑질이나 다름없었다.

그러나 지금 이곳에는 가장이 없었다. 그래서 구혼자들은 양과 돼지와 염소와 소를 제멋대로 잡아먹었듯이 시녀들까지 제멋대로 취했다. 그러면서도 별로 대수롭지 않게 생각했을 것이다.

나는 최선을 다해 시녀들을 달래줬다. 그애들은 적잖이 죄의식을 느꼈고, 특히 겁탈을 당한 아이들은 잘 간호하고 보살펴야 했다. 그 일은 늙은 에우리클레이아에게 맡겼는데, 그녀는 못된 구혼자들을 욕하며 아이들을 목욕시키고 특별히 내 향기로운 올리브기름까지 발라줬다. 그러나 일을 하면서도 틈틈이 투덜거렸다. 어쩌면 그애들을 향한 나의 애정을 시기했는지도 모르겠다. 그녀는 나 때문에 그애들이 점점 버릇없어진다고 말했다. 그대로 두면 주제넘은 생각을 하게 된다는 것이었다.

"괴로워하지 마라." 나는 그애들에게 말했다. "너희는 그 남자들을 사랑하는 척해야 돼. 너희가 자기네 편이라고 믿게 되면 안심하고 비밀을 말해줄 테고, 그래야 우리가 그자들의 계획을 알 수 있으니까. 이것도 너희 주인님께 보답하는 방법이란다. 주인님이 돌아오시면 크게 기뻐하실 거야." 그애들은 내 말에서 위안을 얻었다.

나는 한 걸음 더 나아가 나와 텔레마코스에 대해, 그리고 오디세우스에 대해서도 무례하고 건방진 말을 하고 다니라고 시켰다. 구혼자들을 더 확실하게 속이기 위해서였다. 시녀들은 그 일에도 열심이었다. 특히 예쁜이 멜란토가 탁월한 재능을 보여줬는데, 온갖 헐뜯는 말을 생각해내면서 꽤나 즐거워했다. 그도 그럴 것이, 한 가지 행동을 통해 순종과 반항을 동시에 할 수 있다면 대단히 흥미진진한 일이기 때문이다.

물론 그 연극이 처음부터 끝까지 모두 거짓이었던 것은 아니다. 몇몇은 자신에게 그토록 못된 짓을 한 남자를 사랑하기도 했다. 아마 어쩔 수 없는 일이었을 것이다. 그애들은 내가 이런 속사정을 모를 거라고 생각했지만 나는 다 알고 있었다. 그러나 기꺼이 용서했다. 그애들은 너무 어리고 세상 물정을 몰랐다. 더구나 이타케의 계집종이 모두 젊은 귀족의 연인이 될 수 있는 것도 아니었다.

그러나 사랑이든 아니든, 야밤에 나들이를 하든 말든, 그애들은 계속 유익한 정보를 알아내 보고했다.

그래서 어리석게도 나는 자신이 꽤 현명하다고 생각했다. 돌이켜보면 내 행동은 무분별했고, 모두에게 피해만 입혔다. 그러나 그때는 시간에 쫓겨 필사적인 심정이었으므로 가능한 계략과 술책을 총동원해야 했다.

내가 수의를 가지고 자기들을 농락했다는 사실을 알게 된 구혼자들은 한밤중에 내 방으로 뛰어들어와 내가 하는 짓을 다 보고 말았다. 그리고 몹시 화를 냈다. 한낱 여자에게 감쪽같이 속았으니 더욱더 분통이 터졌을 것이다. 그들은 엄청난 소란을 피웠고 나는 수세에 몰렸다. 결국 수의를 최대한 빨리 완성한 다음 반드시 그들 중 한 명을 남편으로 선택하겠다고 약속하는 수밖에 없었다.

그 수의도 곧바로 이야깃거리가 되었다. 사람들은 영문을 알 수 없이 좀처럼 끝나지 않는 일을 가리켜 '페넬로페의 거미줄'이라고 불렀다. 나는 거미줄이라는 말이 마음에 들지 않았다. 수의가 거미줄이라면 나는 거미인 셈이니까. 그러나 내 목적은 남자들을 파리처럼 붙잡으려는 것이 아니었다. 오히려 나 자신이 얽혀들지 않으려고 노력했을 뿐이다.

제16장

악몽

바야흐로 최악의 시련이 시작되었다. 그때는 어찌나 많이 울었는지, 이러다가 나도 옛이야기에서처럼 강이나 샘으로 변해버리지나 않을까 걱정스러울 정도였다. 그러나 아무리 열심히 기도하고 제물을 바쳐도, 어떤 조짐이나마 찾아보려고 애써도 남편은 끝내 돌아오지 않았다. 엎친 데 덮친다더니 텔레마코스까지 내게 이래라저래라 간섭하기 시작할 나이에 이르렀다. 나는 지난 이십 년 동안 왕궁 안의 모든 일을 거의 혼자서 처리했는데, 이제 와서 텔레마코스가 오디세우스의 아들이라는 위치를 내세워 주도권을 빼앗으려 했다. 그는 연회장에서 소란을 피우기 시작했다. 경솔하게 구혼자들과 맞서는 꼴이 내가 보기엔 아무래도 죽임을 당하기 십상이었다. 숱한 젊은이처럼 그 역시 조만간 무모한 모험을 감행할 것이 불 보듯 뻔했다.

아니나다를까, 텔레마코스는 나에게 일언반구도 없이 배를 타고 몰래 빠져나가 자기 아버지에 대해 이리저리 수소문하고 다녔다. 내 입장에선 무례하기 짝이 없는 행동이었지만 그 문제로 고민할 때가 아니었다. 내가 아끼는 시녀들이 가져온 소식에 의하면 내 아들의 대담한 탈출을 알게 된 구혼자들도 자기네 배를 내보내려 한다고 했다. 어딘가에 숨어 있다가 텔레마코스가 돌아올 때 기습해 죽여버리겠다는 속셈이었다.

여러 노래에도 나오듯이 심부름꾼 메돈이 그 음모를 알려준 것은 사실이다. 그러나 나는 시녀들을 통해 이미 알고 있었다. 그래도 짐짓 놀라는 시늉을 하는 수밖에 없었다. 안 그랬다면 메돈이—그는 이편도 저편도 아니었다—내게도 정보원이 따로 있다는 사실을 눈치챘을 테니까.

어쨌든 나는 이리저리 비틀거리다가 문지방에 쓰러져 슬피 울며 한탄했고, 시녀들도—내가 아끼는 열두 명은 물론이고 다른 시녀들까지—나와 함께 통곡했다.

나는 내 아들이 떠날 때 내게 알리지 않은 잘못과 그를 말리지도 않았던 잘못을 탓하며 그들 모두를 꾸짖었다. 이윽고 오지랖 넓은 에우리클레이아 할멈이 나서더니, 텔레마코스를 도와주고 선동한 사람은 바로 자신이었다고 고백했다. 그저 내가 너무 걱정할까봐 두 사람 다 미리 말하지 않은 거라고 했다. 그러나 결국 모든 일이 잘 풀릴 거라고 그녀는 덧붙였다. 신은 공정하니까.

나는 지금껏 신이 공정하다는 증거를 본 적이 별로 없다고 쏘아붙이고 싶었지만 참았다.

상황이 너무 막막할 때, 그리고 내가 연못으로 변하지 않을 정도로만 실컷 울고 났을 때—다행히—금세 잠들 수 있었다. 그리고 나는 잘 때마다 꿈을 꾼다. 그날 밤은 유난히 많은 꿈을 꾸었다. 꿈들에 대해서는 전혀 기록된 바가 없는데, 내가 아무에게도 말하지 않았기 때문이다. 그중 하나는 키클롭스가 오디세우스의 머리통을 부수고 골을 파먹는 꿈이었다. 어떤 꿈에서는 오디세우스가 선상에서 물속으로 뛰어들어 세이렌을 향해 헤엄쳤는데, 그들은 내 시녀들처럼 숨막히게 달콤한 목소리로 노래하면서도 벌써부터 그이를 찢어발기려고 새처럼 날카로운 발톱을 길게 내밀었다. 또 어떤 꿈에서는 그이가 아름다운 여신과 정사를 나누며 좋아서 어쩔 줄 몰라했다. 그러더니 그 여신이 헬레네로 변했다. 그녀는 내 남편의 벌거벗은 어깨 너머로 나를 바라보며 심술궂고 능글맞게 웃었다. 이 마지막 꿈은 너무 지독한 악몽이라 잠이 냉큼 달아나버렸고, 나는 이 꿈이 모르페우스*의 동굴에서 뿔의 문을 빠져나온 진실한 꿈이 아니라 상아의 문을 빠져나온 거짓 꿈이기를 간절히 빌었다.

다시 잠들어 마침내 위안을 주는 꿈을 꿀 수 있었다. 이 꿈은 남들에게도 이야기했다. 아마 여러분도 들어본 적이 있을 것이다. 나의 언니 이프티메가—그녀는 나와 나이 차가 커서 서로 잘 알지도 못했고 더구나 결혼해서 멀리 떠나 있었다—내 방에 들어와 침대 옆에 서더니, 아테나가 보냈다며 신들은 내가 고통받길 원하지 않는다고 말했다. 그리고 텔레마코스가 무사히 돌아올 거라고 전했다.

---

* 잠의 신 히프노스의 아들이며 꿈의 신.

그러나 내가 오디세우스에 대해 묻자—대체 죽었는지 살았는지—그녀는 대답도 없이 슬그머니 사라져버렸다.

신들은 내가 고통받길 원하지 않는다더니 말짱 헛소리였다. 신들은 모두 희롱하길 좋아한다. 나는 신들이 재미삼아 돌을 던지거나 꼬리에 불을 붙여 괴롭히는, 주인 없는 개와 같은 신세였다. 신들이 맛보고 싶어하는 것은 짐승의 기름이나 뼈가 아니라 우리의 고통이다.

제17장

꿈속의 뱃놀이

코러스라인 · 민요

잠은 우리에게 유일한 휴식,
비로소 편안히 누울 수 있네.
바닥에 걸레질할 필요도 없고
기름기 닦아낼 필요도 없네.

치맛자락 들치려고 눈이 뒤집힌
하나같이 멍청한 귀족들에게
연회장 구석구석 쫓겨 다니다
먼지 더미에 나뒹굴 필요도 없지.

잠이 들면 우리는 꿈을 꾸고파,

황금빛 배를 타고 바다에 나가,
넘실넘실 파도를 타고 노니는,
즐겁고 자유롭고 홀가분한 꿈.

꿈속에선 우리 모두 아름다워라
반짝이는 새빨간 드레스 입고,
사랑하는 남자와 침실에 들어
달콤한 입맞춤을 퍼부어주네.

그들은 우리의 낮을 잔치로 채워주고,
우리는 그들의 밤을 노래로 채워주지.
황금빛 배에 남자들을 모두 태우고
일 년 내내 이리저리 유랑도 하지.

하루종일 웃음과 다정한 말뿐,
고통의 눈물 따윈 찾을 수 없네.
우리의 다스림은 자비로우니
언제나 태평성대 조화로워라.

그러나 곧 아침이 우릴 깨우고.

오늘도 닳도록 일만 하면서
역겨운 저 놈팡이 망나니들 앞에서
치맛자락 걷어올려 보여야 하네.

제18장

헬레네의 소식

텔레마코스는 치밀한 계획 덕분이라기보다 운이 좋아서 자신을 때려잡으려고 매복한 자들을 피해 무사히 집으로 돌아왔다. 나는 기쁨의 눈물을 흘리며 아들을 맞이했다. 시녀들도 모두 울었다. 그리고 그날 하나뿐인 아들과 대판 싸웠다.

"넌 도대체 머리가 있는 애냐, 없는 애냐!" 나는 호통을 쳤다. "어떻게 허락도 없이 배를 타고 나갈 생각을 할 수가 있어? 넌 아직 새파랗게 어린애야! 배를 지휘해본 경험도 없고! 그런 짓을 하다가는 목숨이 열 개라도 살아남지 못할 텐데, 네 아버지가 돌아오시면 뭐라고 하시겠니? 모두 내가 너를 잘 보살피지 못한 탓이라고 하실 게 아니냐!" 기타 등등, 기타 등등.

 그러나 내가 방향을 잘못 잡았다. 텔레마코스는 아주 뻣뻣하게 나왔다. 자신은 더이상 어린애가 아니라 어엿한 어른이라고 딱 부러지게 말했다—이렇게 무사히 돌아왔다는 사실만 보더라도 자기 일은 자기가 알아서 할 수 있다는 증거가 아니냐고 했다. 그러더니 이번에는 이 어미의 권위마저 부정하고 나섰다. 그 배는 어차피 물려받을 유산의 일부니까 자기가 가져가든 말든 누구의 허락도 필요 없다, 그나마 유산이 남아 있어 다행이지만 도대체 어머니가 도와준 게 뭐냐, 어머니가 재산을 제대로 지키지 못해서 구혼자들이 다 들어먹는 상황 아니냐, 하고 따졌다. 그러면서 결국 자기가 결단을 내릴 수밖에 없었다고 했다—아무도 손가락 하나 까딱하지 않으니 직접 아버지를 찾아나섰다는 것이다. 그리고 아녀자들의 치마폭을 벗어나 한바탕 기백을 보였으니 아버지도 자랑스러워하실 거라고 말했다. 아녀자들은 언제나 감정에만 치우쳐 분별력과 판단력을 잃는다면서.

 '아녀자들'은 나를 가리키는 말이었다. 어떻게 제 어미를 '아녀자'라고 부른단 말인가?

그러니 내가 울지 않을 도리가 있나?

그때부터 나는 '내가받는보답이겨우이거냐, 어미가 너때문에얼마나고생했는데, 어떤여자도그런고통을당해선안되는건데, 차라리죽는게낫지' 운운하는 일장 연설을 늘어놓았다. 그러나 텔레마코스로서는 전에도 여러 번 들어본 소리였기에 그저 팔짱을 끼고 눈알을 굴리며 몹시 짜증스럽다는 표정으로 내 말이 끝나기를 기다렸다.

그러고 나서 우리는 겨우 마음을 가라앉혔다. 텔레마코스는 시녀들이 받아놓은 물로 기분좋게 목욕했다. 시녀들은 그를 말끔히 씻겨주고, 깨끗한 옷을 입히고, 그와 그가 불러들인 친구들—피라이오스와 테오클리메노스—에게 근사한 식탁을 차려줬다. 피라이오스는 이타케인이었는데, 이번 비밀 여행에서 내 아들과 한통속이 되었다. 나중에 그 아이에게 한마디쯤 해주고 제멋대로 싸다니도록 내버려두는 부모에게도 좀 따져야겠다고 생각했다. 테오클리메노스는 이방인이었다. 제법 괜찮은 애 같았지만 그의 가문에 대해 알아보기로 마음먹었다. 텔레마코스 또래의 소년은 나쁜 친구를 사귀기 쉬우니까.

텔레마코스는 음식을 허겁지겁 먹어치우고 포도주를 벌컥벌컥 들이켰다. 식사 예절을 제대로 가르치지 못한 것이 후회되었다. 물론 내가 노력을 안 한 건 아니다. 그러나 그를 꾸짖을 때마다 수다쟁이 에우리클레이아 할멈이 끼어들었다. "그만하세요, 마마. 우리 왕자님이 즐겁게 식사하는 게 무엇보다 중요하죠. 예절은 좀 더 자란 뒤에도 얼마든지 배울 수 있잖아요." 그런 식으로 한참 잔소리를 늘어놓았다.

"굽은 묘목이 자라서 굽은 나무가 된다잖아." 내가 그렇게 말하면 그녀는 이렇게 대꾸했다.

"바로 그거예요! 이 어린 묘목을 억눌러 **구부러지게** 만들면 쓰겠어요? 아무렴, 안 되고말고요! 우리 왕자님이 곧고 큰 나무가 되려면 저 큼직한 고깃덩어리를 배불리 먹고 무럭무럭 자라야 하는데, 까탈스러운 엄마 때문에 입맛이 떨어지면 곤란하죠!"

그러면 시녀들은 킥킥 웃곤 그의 접시에 음식을 잔뜩 담아주며 정말 착한 왕자님이라고 칭찬했다.

그래서 텔레마코스는 버르장머리가 없었다.

세 젊은이가 식사를 마친 후 여행에 대해 물었다. "텔레마코스, 네가 아버지의 행방을 찾아나섰다니, 혹시 뭐라도 좀 알아낸 것이 있느냐? 그렇다면 이 어미에게도 들려주면 어떻겠느냐?"

내 말투로 눈치챘겠지만 그때까지 나는 아직 냉기가 덜 가신 상태였다. 십대 아들과의 말싸움에서 패하는 것은 매우 불쾌한 일이다. 그러나 아들의 키가 어미보다 더 커졌을 때 어미에게 남아 있는 권위라고는 고작 윤리적 권위뿐인데, 공격 무기로 삼기에는 아무래도 너무 약하다.

텔레마코스가 들려준 답변은 나를 적잖이 놀라게 했다. 네스토르 왕을 만났지만 아무 소식도 듣지 못했고, 그다음에는 메넬라오스를 찾아갔다고 한다. 다른 사람도 아니고 메넬라오스를. 돈 많은 메넬라오스, 돌대가리 메넬라오스, 목청 좋은 메넬라오스, 오쟁이 진 메넬라오스. 그리고 헬레네의 남편 메넬라오스—내 사촌언니 헬레네, 아름다운 헬레네, 썩어빠진 암캐 헬레네, 내 모든 불행의 근원.

"그래서 헬레네도 만났느냐?" 나는 다소 억눌린 목소리로 물었다.

"아, 그럼요. 아주 근사한 만찬을 차려주셨죠." 그러더니 '바다의 노인'*에 대해 장광설을 늘어놓기 시작했다. 메넬라오스가 이 늙고 수상쩍은 인물에게 듣기로 오디세우스는 어느 아름다운 여신**의 섬에 갇혀 지내며 그 여신과 억지로 정사를 나눈다고 한다. 밤이면 밤마다, 날이 새도록.

그러나 아름다운 여신에 대한 이야기라면 이제 지긋지긋할 정도였다. "헬레네는 어떻더냐?" 내가 물었다.

"잘 지내시는 것 같던데요. 다들 트로이아에서 벌어진 전쟁 이야기를 했어요—배가 터져 창자가 쏟아지는 굉장한 전투와 싸움에 대한 이야기요—아버지도 등장하셨죠—그런데 노병들이 막 울기 시작하니까 헬레네 이모가 술에 약을 탔고, 그때부터 우린 신나게 웃어댔어요."

"그게 아니라 헬레네의 **모습**이 어떻더냐니까?"

"황금빛 아프로디테 여신처럼 눈부셨어요. 헬레네 이모를 다 만나다니 정말 짜릿하던데요. 워낙 유명하시잖

---

* 프로테우스의 별명. 바다의 신 포세이돈의 종으로, 자신을 사로잡은 사람에게 미래를 말해줬다고 한다.
** 요정 칼립소를 가리킨다.

아요. 역사의 일부이기도 하고요. 정말 듣던 대로, 아니 그 이상이었어요!" 그러면서 빙충맞은 미소를 지었다.

"지금쯤은 좀 늙었을 텐데." 나는 최대한 담담한 목소리로 지적했다. 설마 아직도 황금빛 아프로디테 여신처럼 눈부실 리가 없다! 결코 자연스러운 일이 아니다!

"아, 뭐, 그래요." 아들은 말했다. 아버지 없이 자란 아들과 어머니 사이에 존재한다는 그 끈끈한 정이 드디어 진가를 발휘하기 시작했다. 텔레마코스는 내 얼굴을 들여다보며 표정을 살폈다. "사실은 꽤 늙어 보이던데요. 어머니보다 훨씬 더 늙었어요. 초췌하다고나 할까. 주름살투성이였어요." 그가 덧붙였다. "오래된 버섯처럼요. 그리고 이도 누렇더라고요. 몇 개는 아예 빠져버렸고. 그런데도 여전히 아름다워 보였던 건 우리가 술을 너무 많이 마셨기 때문이겠죠."

거짓말이라는 것을 알아차렸지만 아들 녀석이 나를 위해 거짓말을 한다는 데 감동받았다. 역시 그는 위대한 사기꾼 헤르메스의 친구인 아우톨리코스의 증손이었고, 또한 잔잔한 목소리로 온갖 허무맹랑한 이야기를 꾸며내 남자들을 설득하고 여자들을 호리는 저 교활한 오디세우스의 아들다웠다. 이제 보니 이 녀석도 머리가 아주 없는 것은 아니었구나. "우리 아들, 여러 가지 이야기를 해줘서 고맙다." 나는 말했다. "이 어미는 정말 흐뭇하구나. 난 이제 가서 밀 한 바구니를 제물로 바치고 너희 아버지가 무사히 돌아오시길 빌어야겠다."

그리고 그 말대로 했다.

제19장

환호성

 기도를 하면 정말 효력이 있다고 그 누가 장담할 수 있는가? 그러나 또한 그 누가 효력이 없다고 장담할 수 있는가? 나는 올림포스산에서 한가롭게 빈둥거리는 신들의 모습을 상상해본다. 그들은 넥타르와 암브로시아*를 흥청망청 먹고 마시며 짐승의 뼈와 기름을 태우는 냄새를 맡는데, 시간이 남아돌아 공연히 병든 고양이에게 장난치는 열 살짜리 아이들처럼 짓궂기 짝이 없다. 그들은 이런 대화를 나눈다. "자, 오늘은 어떤 기도

---

* 각각 신들이 마시고 먹는다는 술과 식물. 불로불사의 효력이 있다고 한다.

를 들어줄까? 어디 주사위나 던져보자고! 이쪽엔 희망, 저쪽엔 절망. 그리고 기왕 일을 벌이는 김에 가재로 둔갑하고 저 여자와 섹스를 해서 인생을 결판내는 거야!" 신들이 그렇게 못된 장난을 치는 것은 너무 따분하기 때문이라고 생각한다.

나는 이십 년 동안이나 기도했지만 아무 소용도 없었다. 그러나 이번만은 달랐다. 내가 평소처럼 기도를 올리고 평소처럼 눈물을 흘리자마자 오디세우스가 비틀비틀 안뜰로 들어섰다.

물론 비틀거리는 걸음걸이도 변장의 일부였다. 역시 그이답게 빈틈이 없었다. 왕궁의 상황을 미리 파악해둔 것이 분명했고—구혼자들, 자신의 재산을 탕진하는 그들의 만행, 텔레마코스를 노리는 구혼자들의 잔학한 흉계, 자신의 시녀들을 성적 노리개로 삼은 행태, 그리고 자신의 아내를 차지하려는 속셈—곧 현명한 판단을 내렸다. 지금 다짜고짜 들이닥쳐 자기가 오디세우스임을 밝히고 그들에게 당장 이곳을 떠나라고 명령하기에는 상황이 여의치 않았다. 만약 그런 식으로 일을 진행했다면 순식간에 시체가 되고 말았으리라.

그래서 늙고 누추한 거지 차림으로 나타났다. 그이

가 배를 타고 떠나던 당시, 구혼자들은 대부분 아직 태어나지도 않았거나 너무 어렸으므로 그의 모습을 알아볼 리 없었다. 그의 변장 솜씨는 완벽했지만—나는 그의 주름살과 대머리가 부디 진짜가 아니라 변장이길 바랐다—튼튼한 가슴과 짤막한 다리를 보자마자 나는 강한 의심이 들었고, 그가 시비를 걸어오는 다른 거지의 목을 꺾어버렸다는 말을 듣고 나자 의심은 곧 확신으로 바뀌었다. 그것이 그이의 방식이었기 때문이다. 대개의 경우는 필요에 따라 신중히 행동하지만, 승리가 확실할 때는 직접적인 공격도 마다하지 않았다.

그러나 나는 모르는 체했다. 이 사실이 알려지면 그이가 위험해질 터였다. 그리고 자신의 변장 솜씨를 자랑스러워하는 남편에게 한눈에 정체를 알아봤다고 말하는 아내는 몹시 어리석은 여자다. 스스로 영리하다고 생각하는 사내를 실망시키는 것은 어떤 경우에도 경솔한 짓이다.

텔레마코스도 이 속임수를 한몫 거들었다. 나는 그 사실도 금방 알아차렸다. 제 아버지처럼 텔레마코스도 거짓말쟁이였지만 아직은 솜씨가 좀 서툴렀다. 거지를 나에게 소개하며 자꾸 몸을 움직이고 말을 더듬고 곁눈질을 해서 거짓말이라는 것이 확연히 드러났다.

그러나 내가 그렇게 소개를 받은 것은 좀더 나중의 일이었다. 왕궁에 들어와 처음 몇 시간 동안 오디세우스는 이리저리 기웃거리다가 구혼자들에게 괴롭힘을 당했다. 그들은 오디세우스를 조롱하고 물건을 집어던졌다. 불행히도 나는 열두 시녀에게 그의 정체를 말해 줄 수 없었고, 그래서 그들은 계속 텔레마코스에게 무례하게 굴고 구혼자들과 더불어 오디세우스를 모욕했다. 특히 예쁜이 멜란토가 제일 모질게 굴었다고 들었다. 나는 적당한 때를 봐서 오디세우스에게 시녀들이 내 지시에 따라 행동했다는 사실을 말해주리라 마음먹었다.

저녁이 되었을 때 나는 때마침 비어 있던 연회장에서 그 거지라는 작자를 만나보겠다고 했다. 그는 오디세우스에 대한 소식을 가져왔다고 말했다—그럴듯한 이야기를 꾸며대며 오디세우스가 곧 집으로 돌아온다고 했다. 나는 눈물을 흘리며, 벌써 몇 년째 나그네들이 비슷한 이야기를 되풀이해서 이젠 별로 기대하지 않는다고 말했다. 그리고 지금까지 내가 받은 고통과 남편을 향한 그리움을 장황하게 늘어놓았다—기왕이면 그이가 이렇게 부랑자로 변장하고 있을 때 말해둬야 그에게 좀 더 신뢰를 심어줄 수 있기 때문이었다.

그러고는 그에게 조언을 구하며 비위를 맞춰줬다. 나는 오디세우스가 화살 하나로 도낏자루 열두 개를 한꺼번에 꿰뚫을 때—정말 놀라운 재간이었다—사용했던 큰 활을 가져다가 나 자신을 상품으로 내걸고 구혼자들에게 똑같은 일을 해보라고 요구할 생각이라고 말했다. 그렇게 한다면 결과야 어찌되든 간에 지금의 참을 수 없는 상황은 끝날 테니까. 그러면서 내 계획을 어떻게 생각하느냐고 물었다.

그는 아주 훌륭한 묘안이라고 대답했다.

항간에 떠도는 노래는 오디세우스가 돌아오고 내가 활과 도끼의 시험을 내놓은 것이 우연히 시기적으로 맞아떨어졌다고—또는 당시 우리가 흔히 쓰던 표현대로 하자면 '하늘의 뜻'이라고 주장한다. 그러나 여러분은 이제 진실을 알게 되었다. 나는 오디세우스만이 그런 활 솜씨를 선보일 수 있다는 것과 그 거지가 바로 오디세우스라는 사실을 알고 있었다. 우연의 일치 따위는 없었다. 모두 내가 의도적으로 꾸민 일이었다.

아무튼 그렇게 초라한 행색의 떠돌이 사내와 친해진

후 나는 그에게 꿈 이야기를 들려줬다. 나의 하얗고 귀여운 거위떼에 관한 꿈이었다. 나는 그 거위들을 매우 사랑했다. 꿈속에서 나는 마당에서 모이를 쪼아먹으며 즐겁게 돌아다니는 거위들을 보았는데, 별안간 부리가 비뚤어진 거대한 독수리가 쏜살같이 내려와 거위를 모두 죽여버렸다. 나는 하염없이 울고 또 울었다.

이윽고 거지 오디세우스가 해몽을 해줬다. 그 독수리는 내 남편이고 거위떼는 구혼자들인데 머지않아 남편이 구혼자들을 죽여버린다는 이야기였다. 그는 독수리의 비뚤어진 부리에 대해, 그리고 내가 그 거위떼를 사랑했고 그들의 죽음을 괴로워했다는 점에 대해서는 아무런 언급도 하지 않았다.

어쨌든 결과적으로 오디세우스의 꿈풀이는 크게 빗나갔다. 독수리가 그이라는 것까지는 맞았지만 거위떼는 구혼자들이 아니었다. 거위들은 바로 나의 열두 시녀였다. 머지않아 그 사실을 깨닫고 한없는 슬픔에 잠겨야 했다.

항간의 노래가 호들갑스럽게 떠들어대는 일이 한 가지 있다. 내가 시녀들에게 비렁뱅이 오디세우스의 발을 씻겨주라고 시켰을 때 그는 자신의 초라하고 흉한 모습을 비웃지 않을 사람에게만 발을 맡기겠다며 딱 잘라 거절했다. 그래서 나는 늙은 에우리클레이아에게 그 일을 맡기겠다고 했다. 그녀의 발도 그의 발만큼이나 아름다움과는 거리가 멀었기 때문이다. 에우리클레이아는 깜짝 놀랄 사건이 기다리는 줄도 모르고 푸념을 늘어놓으며 그 일을 시작했다. 그러나 그녀는 곧 예전에 오디세우스의 발을 씻겨주며 헤아릴 수 없이 여러 번 보았던 길고 낯익은 흉터를 보게 되었다. 그러자 다짜고짜 환호성을 터뜨리다가 물이 담긴 대야를 바닥에 엎어버렸고, 오디세우스는 그녀가 자신의 정체를 폭로하지 못하게 하려다가 하마터면 그녀를 질식시켜 죽일 뻔했다.

세간의 노래는 그 순간 아테나 여신이 주의를 딴 곳으로 돌려 내가 상황을 눈치채지 못했다고 한다. 그러나 그 말을 믿는 사람은 세상의 온갖 소문을 모조리 믿어버리는 사람일 것이다. 사실은 내 장난이 그토록 멋지게 성공한 것을 보고 비어져나오는 웃음을 감추느라 얼른 두 사람에게서 등을 돌렸을 뿐이다.

제20장

중상모략

 이 시점에서 지난 이삼천 년 동안 사람들 입에 오르내렸던 여러 헛소문에 대해 한 번쯤 짚고 넘어가야겠다. 나를 헐뜯는 이 이야기들은 전혀 사실이 아니다. 아니 땐 굴뚝에 연기 나랴 운운하는 사람도 많지만 모두 얼빠진 소리다. 나중에서야 사실무근으로 밝혀지는 헛소문을 누구나 한 번쯤은 들어본 적이 있을 텐데, 나에 대한 소문들이 그랬다.

 소문은 주로 나의 성적 행실을 비방한다. 예를 들자면 내가 구혼자들 중에서 제일 예의바른 암피노모스와 동침했다는 주장이 있다. 어떤 노래는 내가 그의 말솜씨에 호감을 느꼈다거나, 적어도 다른 구혼자들보다는 좀더 호감을 가졌다고 하는데, 그 말은 분명히 사실이다. 그러나 호감을 가졌다고 곧장 침대로 직행했으리라 단정하는 것은 지나친 비약이다. 내가 구혼자들을 살살 꾀거나 몇몇에게 은밀한 약속을 했던 것도 사실이다. 그러나 의도적인 책략이었다. 나는 그런 부추김을 통해 그들에게서 값비싼 선물을 받아냈으며—그들이 흥청망청 먹고 써버린 액수에 비하면 터무니없이 작은 보상이었지만—오디세우스도 내 행동을 직접 목격했고 또한 찬성의 뜻을 표시했다는 사실을 지적하고 싶다.

그러나 더 가당찮은 것은 내가 구혼자들과—백 명도 넘는 그들 모두와—차례로 동침해 판을 낳았다는 소문이다.* 그토록 터무니없는 이야기를 도대체 누가 믿을까? 아예 부를 가치조차 없는 노래도 많은 법이다.

여러 주석자가 나의 시어머니 안티클레이아를 들먹였는데, 망자들의 섬에서 오디세우스가 그녀의 영혼에게 말을 걸었을 때 그녀가 구혼자들에 대해서는 아무 말도 하지 않았다며 그녀의 침묵을 증거로 제시했다.

---

* 목양신의 이름 판(Pan)에는 '모두'라는 뜻이 있다.

구혼자들에 대해 이야기하려면 나의 간통에 대해서도 말해야 했기 때문에 어쩔 수 없이 침묵을 지켰다는 것이다. 어쩌면 그녀는 실제로 오디세우스의 마음속에 의혹의 씨앗을 심어주려 했는지도 모르지만, 여러분은 그녀가 생전에 나를 어떻게 대했는지 이미 잘 안다. 그날의 일은 그녀의 마지막 심술이었을 것이다.

또 어떤 소문은 내가 뻔뻔스러운 열두 시녀를 내쫓거나 벌하거나 헛간에 가둬 곡식을 빻게 하지 않았고, 따라서 나도 그애들과 똑같이 음탕한 짓을 일삼았으리라 주장한다. 그러나 그 문제에 대해서도 이미 앞에서 설명했다.

더욱더 심각한 비난은 오디세우스가 돌아오자마자 내게 정체를 밝히지 않았다는 점과 관련이 있다. 그가 나를 믿을 수 없어 혹시 내가 왕궁 안에서 난교를 일삼지나 않는지 확인해보고 싶었기 때문이라는 주장이다. 그러나 진짜 이유는 내가 기쁨의 눈물을 흘려 자기 정체가 탄로날까봐 두려웠기 때문이다. 그가 구혼자들을 도륙할 때 나를 다른 여자들과 함께 후궁에 가둬놓고 내가 아니라 에우리클레이아의 도움을 받은 것도 마찬가지다. 그는 나를 잘 알았다―마음이 너무 약해 걸핏하면 울다가 문지방에 걸려 넘어지곤 한다는 것을. 그래서 내가 위험에 처하는 것을 미연에 방지하고 그렇게 무시무시한 장면을 보지 못하도록 했을 뿐이다. 그의 별난 행동은 알고 보면 이렇게 자명하기 그지없는 이유에서 비롯됐다.

만약 우리가 살아 있을 때 남편이 그런 중상모략에 대해 알았더라면 틀림없이 최소한 몇 사람은 혀가 뽑혔을 것이다. 그러나 이미 지나가버린 일에 연연해봤자 아무짝에도 소용없다.

제21장

페넬로페의 위기

코러스라인 · 연극

출연: 시녀들

개막사: 예쁜이 멜란토

바야흐로 끔찍하고 참혹한 절정이 가까워지니,

이것만 짚어두고 넘어가죠. 전혀 다른 이야기가 또 있답니다.

소문의 여신은 변덕쟁이라 좋았다가 나빴다가,

기분 따라 소문도 하나둘이 아니죠.

듣자 하니 새침데기 페넬로페도

밤일에는 얌전 떨지 않는다나요!

어떤 소문엔 그녀가 암피노모스와 잤다는데.

욕정을 감추려고 한탄하며 울더래요.
또 어떤 소문엔 경쟁자 모두가
차례차례 자빠뜨려 맛을 봤는데,
이 난잡한 소행으로 목양신 판이 태어났다나
아무튼 그런 이야기도 들린답니다.
진실이 뭔지 확실한 경우는 어차피 드문 법이니까—
관객 여러분, 이제 우리 막 너머나 들여다볼까요!

에우리클레이아[시녀 분]

왕비 마마! 이제 마마는 끝장이에요! 가엾기도 하지!
전하께서 돌아오셨어요! 그래요— 오셨다고요!

페넬로페[시녀 분]

멀리서 이리로 올 때부터
그 짤막한 다리로 금방 알아봤는걸—

에우리클레이아

저는 그 길쭉한 흉터로 알아봤죠!

페넬로페

그렇다면 유모, 이제 큰일났어—
욕정에 몸을 맡겼다고 그이가 내 몸을 토막낼 거야!
자기는 요정이나 미녀들을 보는 족족 눕혔으면서,
나만 여기서 얌전하게 본분을 다할 줄 알았나?
자기가 여인이나 여신들을 찬양하는 동안,
나만 여기서 건포도처럼 말라비틀어질 줄 알았나?

에우리클레이아

그 유명한 베틀로 수의를 짜는 척하며
사실은 이불 속에서 부지런히도 움직이셨죠!
그러니 이젠 할말 없게 생기셨어요—목이 달아나도요!

페넬로페

암피노모스—빨리빨리! 비밀 계단으로 내려가요!
나는 여기 주저앉아 깊은 시름에 잠긴 체할 테니.
빨리 옷 좀 입혀줘! 흐트러진 머리 좀 묶어줘!
내 일을 아는 시녀가 누구누구지?

에우리클레이아

마마를 도와드린 그 열두 명,

그들만이 마마께서 내치지 않은 구혼자들이 누군지 알고 있죠.

밤새도록 들락날락 연인들을 안내하고,

장막을 드리우고 등불을 들었으니.

그들만이 마마께서 즐기신 금단의 쾌락을 속속들이 알죠—

비밀을 누설하기 전에 입을 막으셔야 해요!

페넬로페

자, 유모, 그러니까 내 목숨과

오디세우스의 명예가 자네에게 달렸어!

지금은 시들어버린 자네 젖을 그이가 빨았으니,

우리 중에 그이가 믿는 이는 자네뿐이잖아.

열두 시녀는 쓸모없고 불충하다고,

구혼자들에게 푹 빠져 몸을 바쳤다고,

그렇게 더럽혀진 추잡한 것들이니

그이 같은 분에겐 어울리지 않는 종이라고 고자질해줘!

에우리클레이아

죽은 자는 말이 없으니 모두 명부로 보냅시다—
음란하고 사악한 계집들이라며 전하께서 줄줄이 엮어 버리시게!

페넬로페

그러면 나는 열녀로 길이길이 이름 날리고—
남자들은 그이를 보며 부러워하겠지!
그러려면 어서 빨리 서둘러야지—구혼자들이 구애하러 오면,
나는 또 시침떼며 코웃음쳐야 할 테니까!

코러스[탭댄스 구두를 신은 시녀들]

시녀들에게 덮어씌워!
저 음탕한 계집애들!
이유는 묻지 말고 높이 매달아—
시녀들에게 덮어씌워!

종년들에게 덮어씌워!
건달과 무뢰한의 노리개들!

목이 졸려 대롱대롱 흔들리게―
종년들에게 덮어씌워!

잡년들에게 덮어씌워!
저 더러운 화냥년들!
치맛자락마다 흙먼지 덕지덕지 묻은―
잡년들에게 덮어씌워!

다 같이 인사.

제22장

헬레네의 목욕

나는 아스포델 꽃밭을 거닐며 지난 시절을 생각하다가 문득 내 쪽으로 다가오는 헬레네를 보았다. 평소처럼 수많은 남자가 그녀를 뒤따랐는데, 모두 기대에 부풀어 시끄럽게 떠들었다. 그녀는 그들에게 눈길조차 주지 않았지만 그들의 존재를 의식하는 것은 확실했다. 옛날부터 남자의 그림자만 얼씬거려도 쫑긋 일어서는, 눈에 보이지 않는 더듬이 한 쌍이 있었으니까.

"안녕, 우리 사촌 오리 아가씨." 그녀는 언제나 그랬듯이 짐짓 다정하게 말을 걸어왔다. "난 목욕하러 가는 길인데, 너도 갈래?"

"우린 이제 영혼이야, 언니." 내 미소가 진심어린 미소로 보이길 바라며 대답했다. "영혼에게는 육체가 없어. 더러워지지 않는다고. 그러니까 목욕할 필요도 없어."

"아, 그렇지만 내 목욕도 정신적인 이유 때문인걸." 헬레네는 그 고운 눈을 한껏 크게 뜨며 대꾸했다. "이런 소동 속에서도 마음이 좀 안정되거든. 날이면 날마다 수많은 남자가 나 때문에 아옹다옹한다는 게 얼마나 피곤한 일인지 넌 모를 거야. 거룩한 아름다움이란 정말 부담스러워. 적어도 넌 그런 괴로움은 없잖니!"

나는 그녀의 조롱을 묵살하고 물었다. "영혼이 돼서도 홀랑 벗고 목욕해?"

"페넬로페, 너의 전설적인 정숙함에 대해서는 모르는 사람이 없어. 넌 목욕도 옷을 입은 채로 하지? 아마 생전에도 그랬겠지. 하지만 아쉽게도—여기서 그녀는 미소를 지었다—웃음을 좋아하는 아프로디테께서 내게 주신 재능 중에 정숙함이라는 미덕은 없어서 말이야. 비록 영혼이 되었어도 옷을 다 벗고 목욕하는 게 더 좋거든."

"오늘따라 구경꾼이 유난히 많은 것도 놀랄 일은 아니네." 나는 조금 쌀쌀맞게 내뱉었다.

"저게 유난히 많은 거였나?" 그녀는 짐짓 순진한 척

눈썹을 추켜올리며 물었다. "항상 남자들이 하도 많이 따라다녀서 말이야. 한 번도 세어본 적이 없거든. 아무튼 나를 위해—뭐, 나 때문에—그렇게 많은 남자가 죽었으니 나도 뭔가 보답해야 한다는 생각이 들어."

"지상에서 놓친 게 뭔지 구경이라도 하라는 뜻이구나."

"몸이 죽는다고 욕망까지 죽진 않아. 충족시킬 수 없을 뿐이지. 하지만 나를 한번 보기만 해도 다들 저렇게 기운이 넘치잖아. 가엾은 사내들."

"모두 살맛나겠네."

"괜히 또 비꼬는구나. 아무튼 늦게나마 그럴 수 있어 다행이지."

"내가 비꼴 수 있어서 다행이라는 거야, 아니면 언니가 망자들한테 홀랑 벗은 젖가슴이니 엉덩이니 다 보여줄 수 있어서 다행이라는 거야?"

"넌 너무 냉소적이야. 우리가 이젠 살아 있지 않다고 해서 꼭 그렇게 부정적일 필요는 없잖니. 그리고 그렇게—그렇게 저속해질 필요도 없고! 남에게 베푸는 천성을 가진 사람도 있어. 자기보다 불우한 이들을 위해 자기가 할 수 있는 일을 하는 사람도 있다고."

"그렇게 해서 언니 손에 묻은 피를 씻어보겠다는 뜻

이구나. 물론 비유적으로 하는 말이지만. 난도질을 당한 시신들에게 보상을 주면서. 언니가 죄책감도 느낄 수 있는 줄은 몰랐네."

그 말이 귀에 거슬렸던 모양이다. 헬레네가 살짝 눈살을 찌푸렸다. "말해봐, 꼬마 오리야—오디세우스가 너 때문에 죽인 사람이 몇 명이었지?"

"꽤 많았지." 내가 말했다. 헬레네는 정확한 숫자를 알았다. 그리고 자기 때문에 죽은 산더미 같은 시체에 비하면 정말 보잘것없는 숫자라는 사실에 오래전부터 흐뭇해했다.

"몇 명이 많은지는 생각하기 나름이지. 어쨌든 다행이구나. 덕분에 너도 모처럼 중요한 사람이 된 기분이었을 테니까. 예뻐진 기분도 들었으려나." 이제 그녀의 미소는 입가에만 감돌았다. "자, 그럼 난 간다, 꼬마 오리야. 아마 또 만나겠지. 아스포델이나 맛있게 먹어." 그녀는 흥분한 추종자 무리를 이끌고 살랑살랑 멀어졌다.

제23장

시녀들의 죽음

학살극이 벌어지는 동안 나는 잠만 잤다. 어떻게 그랬을까? 내 짐작엔 아무래도 에우리클레이아가 기운을 돋운답시고 내게 준 음료에 뭔가 다른 것을 넣지 않았나 싶다. 아마 내가 그 싸움에 휩쓸리거나 간섭 못하게 하려고 그랬겠지. 그러나 어차피 내가 싸움에 휩쓸릴 가능성은 전혀 없었다. 오디세우스가 여자들을 모두 후궁에 안전하게 가둬놓았기 때문이다.

에우리클레이아는 나에게, 그리고 듣고자 하는 모든 이에게 전 과정을 자세히 설명해줬다. 처음에 오디세우스는—여전히 거지 차림을 한 채로—텔레마코스가 도끼 열두 개를 늘어세우고 구혼자들이 그 유명한 활에 시위조차 메기지 못해 쩔쩔매는 동안 가만히 지켜보았다. 그러다가 활을 받아들고 시위를 메기더니 화살 하나로 도끼 열두 개를 단숨에 꿰뚫어버리고—그리하여 나를 다시 신붓감으로 차지하고—안티노스의 목에 화살을 박고 자신의 정체를 드러내더니 처음에는 화살로, 나중에는 창과 칼로 구혼자들을 한 명도 남김없이 잘 다진 고기 반죽으로 만들어버렸다. 텔레마코스와 충성스러운 두 목동*이 도와주긴 했지만 역시 대단한 활약이 아닐 수 없다. 구혼자들은 불충한 염소치기 멜란티오스가 가져다준 창과 칼 몇 자루를 지녔지만 전혀 도움이 되지 않았다.

에우리클레이아는 자신을 비롯한 여자들은 모두 잠긴 문 근처에 웅크린 채 바깥에서 들려오는 고함소리와 가구 부서지는 소리, 그리고 죽어가는 자들의 신음소리를 들었다고 말했다.

이윽고 오디세우스가 그녀를 부르더니 이른바 '불충'을 저지른 시녀들을 지목하라고 명령했다. 그는 그 시

---

* 돼지치기 에우마이오스와 소치기 필로이티오스.

녀들을 시켜 구혼자들의 시체를 안뜰로 끌어내고—그 중에는 시녀들의 연인이었던 자들도 있었다—바닥에 쏟아진 뇌수와 핏물을 씻어내고 아직 멀쩡한 의자와 탁자를 깨끗이 닦게 했다.

그러고는—에우리클레이아의 이야기가 이어졌다—텔레마코스에게 그 시녀들을 토막내라고 말했다. 그러나 내 아들은 아버지에게 잘 보이려고, 그리고 자기가 더 똑똑하다는 것을 과시하려고—한창 그럴 나이였으니까—그애들 모두를 닻줄 하나에 주렁주렁 목매달았다.

그런 다음—이 말을 하며 에우리클레이아는 기쁨의 미소를 감추지 못했다—오디세우스와 텔레마코스는 못된 염소치기 멜란티오스의 귀와 코와 손과 발과 성기를 잘랐고 그 가엾은 사내가 내지르는 고통스러운 비명에도 아랑곳없이 모두 개들에게 던져줬다. "다시는 배신자가 나오지 않도록 본보기를 보여야 했던 거죠." 에우리클레이아가 말했다.

"그런데 그 시녀들이 누구누구였지?" 그 말을 하며 나는 벌써 눈물을 흘렸다. "맙소사—대체 어떤 시녀들을 목매달았어?"

"마마." 에우리클레이아는 내 노여움을 예상하고 말했다. "오디세우스 님은 모조리 죽여버리려고 하셨어요! 제가 몇 명만 골랐는데—안 그랬으면 전부 죽었겠죠!"

"누구누구야?" 나는 애써 감정을 억누르며 물었다.

"겨우 열두 명이었어요." 그녀가 머뭇거리며 대답했다. "그 버르장머리없는 애들. 가장 무례한 애들. 저를 놀려대던 애들이죠. 예쁜이 멜란토와 친구들—그 패거리 말예요. 알 만한 이들은 다 아는 매춘부들이잖아요."

"겁탈당한 아이들이야. 가장 젊은 아이들. 가장 아름다운 아이들." 나는 말했다. 그애들은 구혼자들과 어울리며 나의 눈과 귀가 되어주기도 했지만 그 말은 덧붙이지 않았다. 수의를 짜던 기나긴 밤 나를 도와주던 아이들. 눈처럼 새하얀 거위떼. 나의 지빠귀들, 나의 비둘기들.

모두 내 잘못이다! 에우리클레이아에게 내 계획을 말해주지 않은 탓이었다.

"돼먹지 못한 애들이었어요." 그녀가 변명조로 말했다. "오디세우스 전하께서 그렇게 시건방진 년들을 계속 왕궁에서 두실 수는 없잖아요. 절대로 믿지 못하실 텐데. 자, 이제 아래층으로 내려가세요. 부군께서 기다리십니다."

 난들 어쩌랴? 대성통곡을 한들 사랑스러운 아이들이 되살아나지는 않을 터였다. 나는 혀를 깨물었다. 지난 세월 동안 그토록 자주 깨물었는데도 혀가 남아나다니 신기할 따름이다.

 죽은 사람은 죽은 사람이다. 나는 생각했다. 그애들의 영혼을 위해 기도를 올리고 제물을 바쳐야겠다. 그러나 남몰래 하지 않으면 오디세우스가 나까지 의심하겠지.

 더욱더 섬뜩한 설명도 가능하다. 혹시 에우리클레이아가 나와 시녀들 사이의 밀약을—그애들이 나를 위해 구혼자들을 몰래 감시했다는 사실, 그리고 내가 그애들에게 배신자처럼 행동하라고 명령했다는 사실까지 다 알았다면? 그러면서도 자기만 따돌린 데 대한 앙심 때문에, 그리고 오디세우스의 최측근 자리를 지키려는 욕심 때문에 그애들만 따로 골라 죽게 만들었다면?

 명부로 내려온 뒤에도 그녀에게 이 문제를 따져보지 못했다. 그녀는 죽은 아기 열두 명을 거둬들여 돌보느라 정신없이 바쁘기 때문이다. 그들은 영영 자라지 못하지만 그녀에게는 오히려 고마운 일이다. 내가 다가가 말을 붙이려 할 때마다 이렇게 말한다. "나중에 말씀하세요, 마마. 맙소사, 이렇게 눈코 뜰 새도 없다니! 이 작고 귀여운 것들 좀 보세요—꾸찌꾸찌 꼬르르!"

아마 대답은 영영 못 듣겠지.

제24장

인류학 강의

코러스라인

출연: 시녀들

 우리의 숫자, 시녀들의 숫자—숫자 열둘—에서 교양 있는 분들은 무엇을 연상하시죠? 열두 사도도 있고 성탄절의 열이틀*도 있고 일 년 열두 달도 있죠. 그런데 여기서 달이라는 말을 들으면 교양 있는 분들은 무엇을 연상하시나요? 네? 거기, 뒤쪽에 계신 남자분? 맞아요! 다들 아시다시피 그 달은 하늘의 달님에서 나온 말이죠.

---

* 예수 탄신일인 12월 25일부터 공현축일인 1월 6일까지의 열이틀.

아, 우리가 열한 명도 열세 명도 아니고, 동요에 나오는 우유 짜는 하녀 여덟 명도 아니고, 이렇게 딱 열두 명인 것은 우연이 아닙니다. 절대로 우연이 아니에요!

왜냐하면 우린 그냥 시녀가 아니었거든요. 평범한 계집종이나 일꾼이 아니었다고요. 아니고말고요! 우리에겐 분명히 더 고상한 임무가 있었으니까요! 혹시 열두 시녀가 아니라 열두 처녀였을까요? 순결하지만 독하기 그지없는 저 달의 여신 아르테미스의 말동무, 즉 열두 명의 달처녀가 아니었을까요? 혹시 제사의 제물은 아니었을까요? 주어진 역할에 따라 구혼자들과 함께 다산을 기원하는 난교 의식을 치른 후, 살해된 남성 희생자들의 피로 몸을 씻고—죽은 남자가 그렇게 많았으니 여신을 향한 정성이 얼마나 지극한가요!—정화되어 순결을 되찾는 충실한 여사제는 아니었을까요? 아르테미스 여신이 악타이온*의 피로 물든 샘물에 몸을 씻고 순결을 되찾았듯이 말이죠. 그렇다면 우리는 정해진 대로 기꺼이 자신을 희생했던 셈이에요. 달이 어둠에 잠

---

* 여신의 알몸을 본 죄로 사슴이 되어 자신의 개들에게 찢겨 죽은 사냥꾼.

기는 시기를 재현함으로써 순환의 과정이 다시 시작되어 저 은빛 초승달의 여신이 한번 더 떠오르도록 도왔으니까요. 그런데 어째서 우리를 젖혀두고 이피게네이아*만 자기희생과 헌신적 사랑의 상징으로 여기죠?

문제의 사건들을 이렇게 해석한다면 우리를 목매달았던 닻줄과도—말장난 같아 죄송하지만—일맥상통합니다. 초승달도 배처럼 생겼으니까요. 그리고 이 이야기에서 중요한 역할을 하는 활—아르테미스의 그믐달처럼 휘어진 그 활은 화살 하나로 도끼 열두 개를 한꺼번에 꿰뚫어버리죠—열두 개요! 화살이 꿰뚫고 지나간 것은 각각의 도낏자루에 달린 고리였는데, 그 고리도 달처럼 둥그런 모양이고요! 교수형도 그래요—교양 있는 분들이라면 교수형의 의미를 한번 생각해보세요! 지상을 떠나 허공에서, 배의 탯줄 같은 밧줄에 매달려, 달이 지배하는 바다와 연결된 상태—아, 이렇게 많은 단서가 있는데도 알아차리지 못할 사람이 있을까요?

---

* 아가멤논의 딸로, 트로이아 전쟁 때 아르테미스의 분노를 달래기 위해 스스로 제물이 되었으나 아르테미스의 도움으로 탈출해 신관이 되었다.

뭐라고 하셨죠, 뒤에 계신 남자분? 그래요, 맞아요, 태음력은 열세 달이니까 우리도 열세 명이라야 옳겠죠. 그러니까 선생님 말씀은—좀 젠체하는 말투시군요—열두 명밖에 없으니까 우리 자신에 대한 이 가설이 부정확하다는 거죠? 하지만 잠깐—사실은 열세 명이 맞습니다! 열세번째는 바로 아르테미스 여신의 화신, 즉 우리 대제사장이죠. 그녀는 다름 아닌—그래요! 바로 페넬로페 왕비였어요!

그러니까 우리가 겁탈당하고 그후에 교살당한 일은 어쩌면 달을 숭배하던 모계사회가 아버지 신을 받드는 이방인들의 침략으로 무너져버린 사건을 의미할 수도 있습니다. 그리고 그 이방인들의 우두머리, 즉 오디세우스가 우리 교단의 대제사장, 즉 페넬로페와 결혼해 왕이 되었다는 뜻이죠.

아뇨, 선생님, 우리는 이 가설이 페미니스트들의 근거 없는 헛소리에 불과하다는 주장을 단호히 거부합니다. 물론 여러분이 이런 문제를 공개적으로 논의하길 꺼리신다는 점도 충분히 이해하지만—강간이나 살인은 결코 유쾌한 화제가 아니니까요—지금까지 발굴된 선사시대의 수많은 유적을 통해서도 알 수 있듯이 그런 체제 전복은 분명히 지중해 전역에서 두루 발생했습니다.

나중에 벌어진 학살극에서 그 도끼들이 무기로 사용되지 않았다는 사실은 확실히 의미심장하고, 삼천 년에 걸쳐 논의했는데도 그 점이 만족스럽게 설명되지 않았다는 사실 또한 자못 의미심장합니다. 그 도끼들은 틀림없이 미노아인의 대모신大母神 숭배와 관련된 의식용 양날 도끼였어요. 해마다 음력으로 열세 달에 해당하는 임기가 끝나면 왕의 머리를 잘라버릴 때 사용했던 바로 그 도끼 말입니다! 모반을 일으킨 왕이 스스로 대모신보다 강하다는 사실을 과시하려고 대모신의 활로 화살을 쏘아 대모신의 의식에서 생사를 가르는 데 썼던 도끼들을 꿰뚫어버리다니—이 무슨 신성모독입니까! 마찬가지로 가부장의 페니스가 일방적으로 꿰뚫어버린 거시기…… 아, 이거 하마터면 곁길로 샐 뻔했군요.

활쏘기 시합은 가부장제 이전의 체제에도 있었겠지만 그때는 아마 격식에 따라 제대로 치렀겠죠. 승리자는 한 해 동안 상징적인 왕이 되었다가 교수형을 당하고. 지금은 천박한 타로 카드 한 장으로 남았을 뿐이지만—'매달린 남자'의 모티프는 다들 아시죠? 그는 아마 성기도 잘렸을 겁니다. 여왕벌과 결혼한 수벌에게 걸맞은 최후죠. 이 두 가지 행위, 즉 교수형과 성기 절단은 곡식의 풍작을 기원하는 의식이었어요. 그러나 왕권을 빼앗은 강자 오디세우스는 정당한 재위 기간이 끝났는데도 죽기를 거부했습니다. 수명 연장과 권력에 대한 욕심 때문에 자신의 대역을 찾아냈죠. 성기가 절단되기는 했지만 오디세우스의 성기가 아니었어요—염소치기 멜란티오스의 성기였죠. 그리고 교수형도 집행되었지만 오디세우스 대신에 우리 열두 명의 달처녀가 목매달렸어요.

 설명하자면 끝이 없죠. 항아리에 그려진 그림이나 여신 숭배 조각품들을 좀 보시겠어요? 싫으세요? 그럼 그만두죠. 자, 교양인 여러분, 중요한 것은 우리 때문에 너무 흥분하실 필요는 없다는 사실입니다. 우리가 피와 살로 이루어진 진짜 여자였다고 생각할 필요도 없고, 그런 고통과 부당한 일을 실제로 당했다고 생각할 필요도 없어요. 정말 그랬다면 너무 불쾌한 일이잖아요. 추잡스러운 부분은 그냥 잊어버리세요. 우리를 순수한 상징으로 생각하세요. 돈이 그렇듯이 우리도 실재하는 존재는 아니거든요.

제25장

냉정한 마음

 나는 계단을 내려가며 이제부터 내가 선택할 수 있는 길이 무엇인지 곰곰이 생각해봤다. 에우리클레이아가 구혼자들을 죽인 사람은 오디세우스라고 했을 때 나는 그 말을 안 믿는 척했다. 나는 그녀에게 말했다—장장 이십 년이나 지난 지금, 오디세우스가 어떻게 변했는지 내가 어떻게 알겠느냐고. 그리고 그가 내 모습을 어떻게 생각할는지도 궁금했다. 이젠 나도 나이가 들었다. 그이가 실망하지 않을 리가 있나?

 나는 그이를 좀더 기다리게 하기로 마음먹었다. 나도 충분히 오랫동안 기다렸으니까. 그리고 젊은 열두 시녀의 불행한 죽음에 대한 속마음을 철저히 감추려면 내게도 시간이 필요할 터였다.

그래서 연회장에 들어가 그곳에 앉은 그를 보면서도 아무 말 하지 않았다. 텔레마코스는 시간을 낭비하지 않았다. 나를 보자마자 다짜고짜 내가 자기 아버지를 좀더 따뜻하게 환영하지 않는다고 나무라기 시작했다. 나는 그애가 마음속에 품은 장밋빛 환상을 짐작했다. 자기도 어엿한 성인 남자라는 환상, 그리고 닭장을 다스리는 두 마리 수탉처럼 두 사람이 한편이 되어 나를 상대한다는 환상 말이다. 물론 나는 텔레마코스가 잘되길 바랐다―엄연히 내 아들이고, 따라서 정치지도자나 전사, 그 밖에 또 뭐가 되고 싶든 간에 부디 성공하길 바랐다. 그러나 그날 그 순간만은 차라리 트로이아 전쟁이라도 한번 더 일어나 녀석을 싸움터로 보내버렸으면 속이 다 시원하겠다고 생각했다. 이제 겨우 수염이 나기 시작한 사내 녀석들은 가끔 그렇게 눈엣가시처럼 보일 때가 있다.

그러나 나는 사뭇 냉정하다는 인상을 심어주고 싶었다. 그래야 내가 오디세우스를 사칭하는 남자들에게 함부로 안기지 않았음을 깨닫고 오디세우스도 안심할 테니까. 그래서 무표정하게 그이를 바라보며, 피범벅을

한 지저분한 부랑자가 이십 년 전 그토록 아름다운 옷을 입고 떠났던 내 멋쟁이 남편이라니 믿을 수 없다고 말했다.

오디세우스는 빙그레 웃었다—자신의 정체가 밝혀지는 근사한 장면을 학수고대하는 표정이었다. "처음부터 당신이었군요! 굉장한 변장이에요!" 내가 그렇게 외치며 자기 목을 끌어안는 순간을 상상하면서 말이다. 그이는 가장 시급했던 목욕을 하러 갔다. 이윽고 그이가 깨끗한 옷으로 갈아입고 아까보다 훨씬 좋은 냄새를 풍기며 돌아왔을 때 나는 마지막으로 한번 더 놀려주고 싶은 충동을 억누르지 못했다. 그래서 에우리클레이아에게 오디세우스의 침실에 있는 침대를 밖으로 옮겨 이 낯선 사내에게 잠자리를 마련해주라고 지시했다.

그런데 여러분도 아시다시피 이 침대의 기둥 하나는 땅속에 뿌리박힌 나무를 그대로 깎아 만들었다. 그 침대에 대해 아는 사람은 오디세우스와 나 그리고 내가 스파르타에서 데려온 시녀 악토리스뿐인데, 그녀는 벌써 세상을 떠난 지 오래였다.

오디세우스는 누가 자신의 소중한 침대 기둥을 잘라버린 줄 알고 당장 발끈했다. 나는 그제야 비로소 마음을 돌리고 그이를 알아본 체하는 연기에 돌입했다. 만족스러울 만큼의 눈물을 쏟으며 그를 부둥켜안고, 침대 기둥 시험까지 통과했으니 이제 나도 믿는다고 말했다.

그리하여 우리는 신혼 초에, 그러니까 헬레네가 파리스와 함께 도망치는 바람에 전쟁이 터져 우리 집안이 풍비박산나기 전에 둘만의 즐거운 시간을 보냈던 바로 그 침대에 함께 누웠다. 나는 어느새 밤이 찾아와서 기뻤다. 어둠 속에서는 둘 다 실제보다 덜 초라해 보였기 때문이다.

"우리도 이젠 청춘이 아니군요." 내가 말했다.

"이만하면 아직도 청춘이지." 오디세우스가 대답했다.

얼마간의 시간이 흘러 서로에게 만족했을 때 옛날처럼 이야기를 나누기 시작했다. 오디세우스는 그동안 겪은 여행과 고난에 대해 말해줬다—술집 주인이나 창녀가 등장하는 추잡한 이야기가 아니라 멋진 이야기, 주로 괴물이나 여신이 등장하는 이야기였다. 자기가 했던 수많은 거짓말과 자기가 썼던 가명에 대해—그런 속임수 중에서도 가장 재치 있는 것은, 비록 쓸데없이 뻐기다가 낭패를 보긴 했지만 키클롭스에게 자기 이름이 '아무도아니'라고 말해준 것이었다—그리고 정체와 속셈을 좀더 잘 감추려고 가짜로 꾸며냈던 인생 역정에 대해 자세히 설명했다. 나는 구혼자들에 대한 이야기, 라에르테스의 수의로 속임수를 썼던 일, 남몰래 구혼자들을 부추겼던 일, 그리고 교묘한 방법으로 그들을 유도하고 꼬드겨 서로 반목하게 만들었던 일 따위를 들려줬다.

그러자 그는 그동안 내가 얼마나 그리웠는지 모른다, 여신들의 새하얀 팔에 안길 때조차 나를 향한 갈망을 지울 수 없었다고 말했다. 그리고 나는 이십 년 동안 그가 돌아오기만 기다리며 얼마나 많은 눈물을 흘렸는지 모른다, 그래도 따분할 정도로 일편단심 정절을 지켰다, 이렇게 멋진 기둥이 있는 거대한 침대에서 다른 남자와 동침하다니 도저히 상상조차 할 수 없는 일이었다고 말했다.

우리 두 사람은—스스로도 인정했듯이—오랫동안 거짓말을 일삼았던 능숙하고 뻔뻔스러운 거짓말쟁이였다. 그런데도 서로의 말을 한마디라도 믿었다는 사실이 놀라울 따름이다.

그러나 우리는 믿었다.

적어도 말로는 서로 믿는다고 했다.

오디세우스는 돌아오자마자 곧 다시 떠났다. 나와 헤어지기는 정말 싫지만 어쩔 수 없이 다시 모험길에 나서야 한다고 했다. 그이가 예언자 테이레시아스의 망령에게 들은 말인데, 노 하나를 가지고 여행을 시작해 마침내 사람들이 그 노를 곡식을 까부르는 키로 오해할 만큼 깊숙한 내륙으로 들어가 죄를 씻어야 한다는 것이었다. 그래야만 바다의 신 포세이돈의 분노를 가라앉힐 수 있다고 했다. 포세이돈은 아들 키클롭스의 눈을 멀게 한 일로 아직도 오디세우스를 미워했기 때문이다.

제법 그럴싸한 이야기였다. 그러나 그의 이야기는 언제나 그럴싸했다.

제28장

우리는 당신 뒤를 따르렵니다

코러스라인 · 연가

이봐요! '아무도아니'씨! 아무개씨! 속임수의 대가 씨! 도둑과 거짓말쟁이의 손자, 손재간의 천재 씨!

우리도 여기 있어요. 이름 없는 여자들. 이름 없고 보잘것없는 여자들. 남들이 불명예를 씌운 여자들. 손가락질받는 여자들, 손장난당하는 여자들.

허드렛일하는 여자들, 두 뺨이 화사한 여자들, 킥킥거리며 웃어대는 육감적인 여자들, 살랑살랑 몸 흔드는 뻔뻔스러운 여자들, 핏물을 닦아내는 젊은 여자들.

우리는 열두 명. 달덩이 같은 열두 명의 매춘부, 열두 개의 달콤한 입, 깃털 베개처럼 폭신한 스물네 개의 젖가슴, 그리고 무엇보다 움찔움찔 경련하는 스물네 개의 발.

우리를 기억하나요? 당연히 기억하겠죠! 우리가 당신에게 손 씻을 물을 떠다드렸고, 우리가 당신의 발을 씻겨드렸고, 우리가 당신의 빨래를 헹궈드렸고, 우리가 당신의 어깨에 향유를 발라드렸고, 우리가 당신의 농담에 웃어드렸고, 우리가 당신의 곡식을 빻아드렸고, 우리가 당신의 포근한 이부자리를 개켜드렸으니까.

그러나 당신은 우리를 줄줄이 엮었고, 당신은 우리를 목매달았고, 당신은 우리를 줄에 걸린 빨래처럼 주렁주렁 널어놓았죠. 이 무슨 만행인가요! 이 무슨 배은망덕인가요! 젊고 포동포동하고 더러운 계집애들을 머릿속에서 말끔히 지워버린 뒤에 당신은 스스로 얼마나 고결하고 얼마나 정의롭고 또 얼마나 깨끗해졌다고 생각하셨나요!

당신은 마땅히 우리를 정중히 묻어줘야 했어요. 우리 무덤에 술을 부어줘야 했어요. 우리에게 용서를 빌어야 했어요.

이제 당신은 어딜 가도 우리를 떼어버릴 수 없어요. 이승에서도, 내세에서도, 그 어떤 생에서도.

당신이 아무리 변장해도 우린 모두 꿰뚫어볼 수 있어요. 낮길을 걸어도, 밤길을 걸어도—그 어떤 길을 택해

간 그는 또다시 태어나려고 레테강*으로 직행해버린다.

물론 그의 말은 진심이다. 정말이다. 그는 나와 함께 있고 싶어한다. 그 말을 하며 눈물까지 흘린다. 그런데 그때마다 어떤 힘이 우리를 갈라놓는다.

바로 시녀들이다. 오디세우스는 멀리서 우리 쪽으로 다가오는 그애들을 발견하자마자 안절부절못한다. 그들은 그를 불안하게 만든다. 그에게 아픔을 준다. 그가 다른 사람이 되어 다른 곳에 있고 싶어하게 만든다.

그는 프랑스의 장군이 되기도 하고, 몽골인 정복자가 되기도 하고, 미국의 거물 기업가가 되기도 하고, 보르네오의 인간 사냥꾼이 되기도 했다. 영화배우, 발명가, 광고인도 되어봤다. 그러나 매번 끝이 안 좋았다. 자살하거나 사고를 당하거나 전사하거나 암살당해 다시 이리로 내려왔다.

"그이를 좀 내버려둘 수 없겠니?" 나는 시녀들에게 버럭 고함을 지른다. 접근을 허락하지 않으니 고함을 지를 수밖에 없다. "그 정도면 충분하잖아! 그이는 참회

---

* 저승에 있다는 망각의 강.

했고, 기도도 올렸고, 이젠 죄를 다 씻었단 말이야!"

"우리한테는 충분하지 않아요!" 그애들은 소리친다.

"그이한테 뭘 더 바라는 거니?" 나는 묻는다. 이때쯤 나는 눈물을 흘리고 있다. "대답 좀 해봐!"

그러나 그애들은 달아나버릴 뿐이다.

아니, 달아난다는 말은 정확하지 않다. 그애들의 다리는 움직이지 않는다. 그애들의 발은 여전히 움찔거리지만 땅바닥엔 닿지도 않는다.

그리고 이제 우리

당신 뒤를 따르렵니다

당신, 거기 있네요

당신에게 외칩니다

후잇후우

후잇후우

후우우*

시녀들의 몸에 깃털이 돋아나더니 올빼미가 되어 날아간다.

---

* 이 소설의 대미를 장식하는 올빼미의 음산한 울음소리 '후잇후우'는 우리말식 의성어로 표현한 것이다. 원서에서는 '투윗투우(too wit too woo)'. 영어에서 '윗(wit)'은 '재치 또는 지혜', 동사로는 '알다'라는 의미다. '우(woo)'는 '구애하다, 구혼하다, 사랑을 호소하다'라는 뜻이다. 비록 이 표현이 올빼미 울음의 의성어로 흔히 쓰이긴 하지만, 작품의 내용에 비춰볼 때 중층적 의미가 엿보인다.

도 우리는 당신 바로 뒤에서 한 가닥 연기처럼, 긴 꼬리처럼, 여자들로 이루어진 꼬리처럼 당신을 졸졸졸 따라갑니다. 기억처럼 무겁게, 바람처럼 가볍게. 우리는 열두 번의 규탄, 지면을 스치듯 지나가는 발가락, 등뒤로 묶인 손목, 길게 빼문 혓바닥, 툭 튀어나온 눈알, 목구멍 속에서 막혀버린 노래.

어째서 우리를 죽였나요? 우리가 당신에게 무슨 죽을죄를 지었나요? 당신은 한 번도 대답하지 않았어요.

그건 앙갚음이었고, 분풀이였고, 헛된 명예를 지키려는 살인이었죠.

이봐요, 신중한씨, 선량한씨, 거룩한씨, 심판관씨! 어깨 너머로 뒤를 보세요! 우리가 여기 있어요. 당신 뒤에 바싹, 바싹 붙어, 입맞춤처럼 가까이, 맨살에 닿을 만큼 가까이.

우리는 시녀들, 바로 당신을 대접하는 여자들. 그러니 당신께 합당한 대접을 해드리죠. 우리는 절대로 당신 곁을 떠나지 않고, 당신의 그림자처럼, 아교처럼 나긋나긋하고 집요하게 달라붙을 거예요. 어여쁜 시녀들, 모두 한 줄로 늘어서서.

제29장

맺음말

우리에겐 목소리도 없고
우리에겐 이름도 없고
우리에겐 선택권도 없고
우리에겐 하나의 얼굴
똑같은 한 얼굴뿐이었지요

우리는 누명을 썼고
억울한 일이었지만
이제는 여기 모여 있어요
당신이 그렇듯이
우리도 모두 여기 있어요

감사의 말

원고를 제일 먼저 읽어줬던 그레임 깁슨, 제스 깁슨, 램지 쿡과 엘리너 쿡, 필리다 로이드, 제니퍼 오스티폰 세카, 수리아 바타차리아, 존 컬런 등에게 감사한다. 나의 영국 담당 에이전트인 비비언 슈스터와 다이애나 매케이, 북미 담당 에이전트 피비 라모어, 재치 있게 원고를 손질해준 크노프 캐나다 출판사의 루이즈 데니스, 세미콜론의 여왕 헤더 생스터, 멀리서 사념광선을 보내준 아널프 콘래디, 모든 면에서 힘이 되어주고 점심식사도 함께 했던 세라 쿠퍼와 마이클 브래들리, 내 건강을 챙겨주는 콜린 퀸, 통화중에 누구보다 빠른 말솜씨를 자랑하는 진 골드버그, 아일린 앨런과 멀린다 다베

이, 그리고 아서 겔구트 회계회사에 감사한다. 끝으로, 스코틀랜드의 가시금작화 덤불에서 튀어나와 나를 설득해서 결국 이 책을 쓰게 한 캐넌게이트 출판사의 제이미 빙에게 감사한다.

작가의 말

『페넬로피아드』의 주된 자료는 E.V. 루가 번역하고 D.C.H. 루가 수정해 '펭귄 클래식 판'으로 내놓은 호메로스의 『오디세이아』(1991)였다.

로버트 그레이브스의 『그리스 신화』(펭귄)도 중요한 자료였다. 이 책에는 페넬로페의 혈통과 가족관계—트로이아의 헬레네와 사촌간이었다는 사실 등—그리고 페넬로페가 간통을 저질렀을지도 모른다는 이야기를 비롯한 많은 정보가 담겼다. (특히 160절과 171절을 보라.) 페넬로페가 여신을 숭배하는 종파의 지도자였다는 학설도 그레이브스에게 빌렸다. 그러나 이상하게도 그는 비운의 시녀들에 관련된 12와 13이라는 숫자의 의

미에 대해서는 전혀 언급하지 않았다. 그레이브스는 여러 설화와 그 변형에 대해 다양한 출전을 제시했다. 거기에는 헤로도토스, 파우사니아스, 아폴로도로스, 히기누스 등이 포함되어 있다.

『호메로스 찬가』도—특히 헤르메스와 관련해—큰 도움이 되었고, 루이스 하이드의 『트릭스터가 세상을 창조한다』도 오디세우스의 성격을 규정하는 데 유용했다.

'시녀들의 합창'은 그리스 연극에서 공연했던 합창을 모방했다. 본극本劇을 희화화하는 관행은 엄숙한 연극에 앞서 공연했던 사티로스극*에서도 엿볼 수 있다.

---

* 고대 그리스에서 기분 전환을 위해 공연한 풍자적 희극.

소품에 속한다. 그러나 여전히 날카로운 통찰력과 섬세한 상상력이 돋보이며, 특히 소설 형식에 대한 여러 가지 실험을 시도해 장차 그녀의 문학세계에서 결코 소홀히 할 수 없으리라 믿는다.

이 책을 번역하며 가장 힘들었던 부분은 역시 시였다. 시가 함축미와 형식미를 잃어버리면 운문도 산문도 아닌 얼치기가 되기 때문이다. 그래서 경우에 따라서는 낱말 하나하나에 얽매이기보다 내용을 크게 훼손하지 않는 선에서 약간의 덧셈과 뺄셈을 선택했다. 특히 제13장의 뱃노래와 제17장의 민요에서는 원작의 분위기에 맞춰 우리 민요의 음수율을 시도했다.

처음 전달된 원서를 읽으며 시종 즐거웠다. 원서 읽기가 즐거우면 번역 과정도 즐거운 법이다. 작품을 사랑하게 되니까. 부디 이 작고 풍요로운 책이 독자 여러분에게도 아기자기한 기쁨의 샘이 되기를 기원한다.

김진준

옮긴이 **김진준**
연세대학교 사회학과 및 영문학과를 거쳐 마이애미대학교 대학원에서 영문학을 전공했다. 살만 루슈디의 『분노』로 제2회 유영번역상을 수상했다. 옮긴 책으로 『무어의 마지막 한숨』『악마의 시』『한밤의 아이들』『롤리타』 등이 있다.

문학동네 세계문학
페넬로피아드

1판 1쇄 2005년 10월 20일
2판 1쇄 2024년 8월 16일

지은이 마거릿 애트우드 | 옮긴이 김진준
책임편집 백지선 | **편집** 류현영 정혜림 황문정
디자인 김하얀 | **저작권** 박지영 형소진 최은진 오서영
마케팅 정민호 서지화 한민아 이민경 안남영 왕지경 정경주 김수인 김혜원 김하연 김예진
브랜딩 함유지 함근아 박민재 김희숙 이송이 박다솔 조다현 정승민 배진성
제작 강신은 김동욱 이순호 | **제작처** 천광인쇄사(인쇄) 신안제책사(제본)

펴낸곳 (주)문학동네 | **펴낸이** 김소영
출판등록 1993년 10월 22일 제2003-000045호
주소 10881 경기도 파주시 회동길 210
전자우편 editor@munhak.com | **대표전화** 031)955-8888 | **팩스** 031)955-8855
문의전화 031)955-1927(마케팅), 031)955-2684(편집)
문학동네카페 http://cafe.naver.com/mhdn
인스타그램 @munhakdongne | **트위터** @munhakdongne
북클럽문학동네 http://bookclubmunhak.com

ISBN 979-11-416-0684-8 03840

잘못된 책은 구입하신 서점에서 교환해드립니다.
기타 교환 문의 031)955-2661, 3580

www.munhak.com

옮긴이의 말

고대 서사시풍으로 붙여놓은 제목에서부터 우리는 작가 마거릿 애트우드의 당당한 태도를 엿볼 수 있다. '페넬로피아드.' 그것은 곧 '남성의 신화'에 가려졌던 '여성의 신화' 혹은 좀더 현실에 가까운 신화를 펼쳐 보이겠다는 포부이며 의욕이기 때문이다.

아니나다를까, 작가는 페넬로페와 그녀의 열두 시녀를 화자로 삼아 그들의 속사정을 낱낱이 들려준다. 이른바 '허스토리(herstory)'다.

호메로스의 『오디세이아』와 『일리아스』(혹은 『일리아드』), 그리고 오비디우스와 베르길리우스, 불핀치 등을 통해 우리에게도 친숙해진 쟁쟁한 영웅과 미녀가 훨씬 더 인간적이고 구체적인 모습으로 다가온다. 놀라워라, 역시 애트우드! 그녀의 손에만 들어가면 위대한 영웅 오디세우스도, 천하의 경국지색 헬레네도 이렇게 망가지고 마는구나!

애트우드는 고통 속에서도 미소를 잃지 않는다. 슬픔과 분노가 가득한 이야기를 이토록 유쾌하게 전달할 수 있는 작가는 동서고금에 드물다.

패러디 문학을 읽을 때 우리는 원작에 대한 야유로만 생각하기 쉽다. 그러나 뒤집어보면 존경의 뜻인 경우가 더 많다. 신화는 하나하나가 대하大河를 낳을 수 있는 맑은 샘이다. 특히 호메로스의 그것은 서구문학을 이야기할 때 결코 빼놓을 수 없는 위대한 원천이었다(가령 셰익스피어와 제임스 조이스를 보라).

신화는 '거짓말 같은 이야기'라고 정의할 수도 있다. 그러나 상식의 틀에서 벗어났기 때문에 오히려 그 속에는 더 많은 진실이 담겼다. 다만 '정치적 올바름'이라는 현대적 관점에서 볼 때 신화의 시대적 한계는 부인할 수 없고, 애트우드는 그 부분에 이의를 제기했을 뿐이다.

『페넬로피아드』는 애트우드의 작품 중에서 비교적

간 그는 또다시 태어나려고 레테강*으로 직행해버린다.

물론 그의 말은 진심이다. 정말이다. 그는 나와 함께 있고 싶어한다. 그 말을 하며 눈물까지 흘린다. 그런데 그때마다 어떤 힘이 우리를 갈라놓는다.

바로 시녀들이다. 오디세우스는 멀리서 우리 쪽으로 다가오는 그애들을 발견하자마자 안절부절못한다. 그들은 그를 불안하게 만든다. 그에게 아픔을 준다. 그가 다른 사람이 되어 다른 곳에 있고 싶어하게 만든다.

그는 프랑스의 장군이 되기도 하고, 몽골인 정복자가 되기도 하고, 미국의 거물 기업가가 되기도 하고, 보르네오의 인간 사냥꾼이 되기도 했다. 영화배우, 발명가, 광고인도 되어봤다. 그러나 매번 끝이 안 좋았다. 자살하거나 사고를 당하거나 전사하거나 암살당해 다시 이리로 내려왔다.

"그이를 좀 내버려둘 수 없겠니?" 나는 시녀들에게 버럭 고함을 지른다. 접근을 허락하지 않으니 고함을 지를 수밖에 없다. "그 정도면 충분하잖아! 그이는 참회

---

* 저승에 있다는 망각의 강.

했고, 기도도 올렸고, 이젠 죄를 다 씻었단 말이야!"

"우리한테는 충분하지 않아요!" 그애들은 소리친다.

"그이한테 뭘 더 바라는 거니?" 나는 묻는다. 이때쯤 나는 눈물을 흘리고 있다. "대답 좀 해봐!"

그러나 그애들은 달아나버릴 뿐이다.

아니, 달아난다는 말은 정확하지 않다. 그애들의 다리는 움직이지 않는다. 그애들의 발은 여전히 움찔거리지만 땅바닥엔 닿지도 않는다.

제28장

우리는 당신 뒤를 따르렵니다

코러스라인·연가

이봐요! '아무도아니'씨! 아무개씨! 속임수의 대가 씨! 도둑과 거짓말쟁이의 손자, 손재간의 천재 씨!

우리도 여기 있어요. 이름 없는 여자들. 이름 없고 보잘것없는 여자들. 남들이 불명예를 씌운 여자들. 손가락질받는 여자들, 손장난당하는 여자들.

허드렛일하는 여자들, 두 뺨이 화사한 여자들, 킥킥거리며 웃어대는 육감적인 여자들, 살랑살랑 몸 흔드는 뻔뻔스러운 여자들, 핏물을 닦아내는 젊은 여자들.

우리는 열두 명. 달덩이 같은 열두 명의 매춘부, 열두 개의 달콤한 입, 깃털 베개처럼 폭신한 스물네 개의 젖가슴, 그리고 무엇보다 움찔움찔 경련하는 스물네 개의 발.

우리를 기억하나요? 당연히 기억하겠죠! 우리가 당신에게 손 씻을 물을 떠다드렸고, 우리가 당신의 발을 씻겨드렸고, 우리가 당신의 빨래를 헹궈드렸고, 우리가 당신의 어깨에 향유를 발라드렸고, 우리가 당신의 농담에 웃어드렸고, 우리가 당신의 곡식을 빻아드렸고, 우리가 당신의 포근한 이부자리를 개켜드렸으니까.

그러나 당신은 우리를 줄줄이 엮었고, 당신은 우리를 목매달았고, 당신은 우리를 줄에 걸린 빨래처럼 주렁주렁 널어놓았죠. 이 무슨 만행인가요! 이 무슨 배은망덕인가요! 젊고 포동포동하고 더러운 계집애들을 머릿속에서 말끔히 지워버린 뒤에 당신은 스스로 얼마나 고결하고 얼마나 정의롭고 또 얼마나 깨끗해졌다고 생각하셨나요!

당신은 마땅히 우리를 정중히 묻어줘야 했어요. 우리 무덤에 술을 부어줘야 했어요. 우리에게 용서를 빌어야 했어요.

이제 당신은 어딜 가도 우리를 떼어버릴 수 없어요. 이승에서도, 내세에서도, 그 어떤 생에서도.

당신이 아무리 변장해도 우린 모두 꿰뚫어볼 수 있어요. 낮길을 걸어도, 밤길을 걸어도—그 어떤 길을 택해도 우리는 당신 바로 뒤에서 한 가닥 연기처럼, 긴 꼬리처럼, 여자들로 이루어진 꼬리처럼 당신을 졸졸졸 따라갑니다. 기억처럼 무겁게, 바람처럼 가볍게. 우리는 열두 번의 규탄, 지면을 스치듯 지나가는 발가락, 등뒤로 묶인 손목, 길게 빼문 혓바닥, 툭 튀어나온 눈알, 목구멍 속에서 막혀버린 노래.

어째서 우리를 죽였나요? 우리가 당신에게 무슨 죽을죄를 지었나요? 당신은 한 번도 대답하지 않았어요.

그건 앙갚음이었고, 분풀이였고, 헛된 명예를 지키려는 살인이었죠.

이봐요, 신중한씨, 선량한씨, 거룩한씨, 심판관씨! 어깨 너머로 뒤를 보세요! 우리가 여기 있어요. 당신 뒤에 바싹, 바싹 붙어, 입맞춤처럼 가까이, 맨살에 닿을 만큼 가까이.

우리는 시녀들, 바로 당신을 대접하는 여자들. 그러니 당신께 합당한 대접을 해드리죠. 우리는 절대로 당신 곁을 떠나지 않고, 당신의 그림자처럼, 아교처럼 나긋나긋하고 집요하게 달라붙을 거예요. 어여쁜 시녀들, 모두 한 줄로 늘어서서.

제29장

맺음말

우리에겐 목소리도 없고
우리에겐 이름도 없고
우리에겐 선택권도 없고
우리에겐 하나의 얼굴
똑같은 한 얼굴뿐이었지요

우리는 누명을 썼고
억울한 일이었지만
이제는 여기 모여 있어요
당신이 그렇듯이
우리도 모두 여기 있어요

그리고 이제 우리

당신 뒤를 따르렵니다

당신, 거기 있네요

당신에게 외칩니다

후잇후우

후잇후우

후우우*

시녀들의 몸에 깃털이 돋아나더니 올빼미가 되어 날아간다.

---

* 이 소설의 대미를 장식하는 올빼미의 음산한 울음소리 '후잇후우'는 우리말식 의성어로 표현한 것이다. 원서에서는 '투윗투우(too wit too woo)'. 영어에서 '윗(wit)'은 '재치 또는 지혜', 동사로는 '알다'라는 의미다. '우(woo)'는 '구애하다, 구혼하다, 사랑을 호소하다'라는 뜻이다. 비록 이 표현이 올빼미 울음의 의성어로 흔히 쓰이긴 하지만, 작품의 내용에 비춰볼 때 중층적 의미가 엿보인다.

작가의 말

『페넬로피아드』의 주된 자료는 E.V. 루가 번역하고 D.C.H. 루가 수정해 '펭귄 클래식 판'으로 내놓은 호메로스의 『오디세이아』(1991)였다.

로버트 그레이브스의 『그리스 신화』(펭귄)도 중요한 자료였다. 이 책에는 페넬로페의 혈통과 가족관계─트로이아의 헬레네와 사촌간이었다는 사실 등─그리고 페넬로페가 간통을 저질렀을지도 모른다는 이야기를 비롯한 많은 정보가 담겼다. (특히 160절과 171절을 보라.) 페넬로페가 여신을 숭배하는 종파의 지도자였다는 학설도 그레이브스에게 빌렸다. 그러나 이상하게도 그는 비운의 시녀들에 관련된 12와 13이라는 숫자의 의

미에 대해서는 전혀 언급하지 않았다. 그레이브스는 여러 설화와 그 변형에 대해 다양한 출전을 제시했다. 거기에는 헤로도토스, 파우사니아스, 아폴로도로스, 히기누스 등이 포함되어 있다.

『호메로스 찬가』도—특히 헤르메스와 관련해—큰 도움이 되었고, 루이스 하이드의 『트릭스터가 세상을 창조한다』도 오디세우스의 성격을 규정하는 데 유용했다.

'시녀들의 합창'은 그리스 연극에서 공연했던 합창을 모방했다. 본극本劇을 희화화하는 관행은 엄숙한 연극에 앞서 공연했던 사티로스극*에서도 엿볼 수 있다.

---

* 고대 그리스에서 기분 전환을 위해 공연한 풍자적 희극.

감사의 말

원고를 제일 먼저 읽어줬던 그레임 깁슨, 제스 깁슨, 램지 쿡과 엘리너 쿡, 필리다 로이드, 제니퍼 오스티폰 세카, 수리아 바타차리아, 존 컬런 등에게 감사한다. 나의 영국 담당 에이전트인 비비언 슈스터와 다이애나 매케이, 북미 담당 에이전트 피비 라모어, 재치 있게 원고를 손질해준 크노프 캐나다 출판사의 루이즈 데니스, 세미콜론의 여왕 헤더 생스터, 멀리서 사념광선을 보내준 아널프 콘래디, 모든 면에서 힘이 되어주고 점심식사도 함께 했던 세라 쿠퍼와 마이클 브래들리, 내 건강을 챙겨주는 콜린 퀸, 통화중에 누구보다 빠른 말솜씨를 자랑하는 진 골드버그, 아일린 앨런과 멀린다 다베

이, 그리고 아서 겔구트 회계회사에 감사한다. 끝으로, 스코틀랜드의 가시금작화 덤불에서 튀어나와 나를 설득해서 결국 이 책을 쓰게 한 캐넌게이트 출판사의 제이미 빙에게 감사한다.

옮긴이의 말

고대 서사시풍으로 붙여놓은 제목에서부터 우리는 작가 마거릿 애트우드의 당당한 태도를 엿볼 수 있다. '페넬로피아드.' 그것은 곧 '남성의 신화'에 가려졌던 '여성의 신화' 혹은 좀더 현실에 가까운 신화를 펼쳐 보이겠다는 포부이며 의욕이기 때문이다.

아니나다를까, 작가는 페넬로페와 그녀의 열두 시녀를 화자로 삼아 그들의 속사정을 낱낱이 들려준다. 이른바 '허스토리(herstory)'다.

호메로스의 『오디세이아』와 『일리아스』(혹은 『일리아드』), 그리고 오비디우스와 베르길리우스, 불핀치 등을 통해 우리에게도 친숙해진 쟁쟁한 영웅과 미녀가 훨씬 더 인간적이고 구체적인 모습으로 다가온다. 놀라워라, 역시 애트우드! 그녀의 손에만 들어가면 위대한 영웅 오디세우스도, 천하의 경국지색 헬레네도 이렇게 망가지고 마는구나!

애트우드는 고통 속에서도 미소를 잃지 않는다. 슬픔과 분노가 가득한 이야기를 이토록 유쾌하게 전달할 수 있는 작가는 동서고금에 드물다.

패러디 문학을 읽을 때 우리는 원작에 대한 야유로만 생각하기 쉽다. 그러나 뒤집어보면 존경의 뜻인 경우가 더 많다. 신화는 하나하나가 대하大河를 낳을 수 있는 맑은 샘이다. 특히 호메로스의 그것은 서구문학을 이야기할 때 결코 빼놓을 수 없는 위대한 원천이었다(가령 셰익스피어와 제임스 조이스를 보라).

신화는 '거짓말 같은 이야기'라고 정의할 수도 있다. 그러나 상식의 틀에서 벗어났기 때문에 오히려 그 속에는 더 많은 진실이 담겼다. 다만 '정치적 올바름'이라는 현대적 관점에서 볼 때 신화의 시대적 한계는 부인할 수 없고, 애트우드는 그 부분에 이의를 제기했을 뿐이다.

『페넬로피아드』는 애트우드의 작품 중에서 비교적

소품에 속한다. 그러나 여전히 날카로운 통찰력과 섬세한 상상력이 돋보이며, 특히 소설 형식에 대한 여러 가지 실험을 시도해 장차 그녀의 문학세계에서 결코 소홀히 할 수 없으리라 믿는다.

이 책을 번역하며 가장 힘들었던 부분은 역시 시였다. 시가 함축미와 형식미를 잃어버리면 운문도 산문도 아닌 얼치기가 되기 때문이다. 그래서 경우에 따라서는 낱말 하나하나에 얽매이기보다 내용을 크게 훼손하지 않는 선에서 약간의 덧셈과 뺄셈을 선택했다. 특히 제13장의 뱃노래와 제17장의 민요에서는 원작의 분위기에 맞춰 우리 민요의 음수율을 시도했다.

처음 전달된 원서를 읽으며 시종 즐거웠다. 원서 읽기가 즐거우면 번역 과정도 즐거운 법이다. 작품을 사랑하게 되니까. 부디 이 작고 풍요로운 책이 독자 여러분에게도 아기자기한 기쁨의 샘이 되기를 기원한다.

김진준

옮긴이 **김진준**
연세대학교 사회학과 및 영문학과를 거쳐 마이애미대학교 대학원에서 영문학을 전공했다. 살만 루슈디의 『분노』로 제2회 유영번역상을 수상했다. 옮긴 책으로 『무어의 마지막 한숨』 『악마의 시』 『한밤의 아이들』 『롤리타』 등이 있다.

문학동네 세계문학

페넬로피아드

1판 1쇄 2005년 10월 20일
2판 1쇄 2024년 8월 16일

지은이 마거릿 애트우드 | 옮긴이 김진준
책임편집 백지선 | 편집 류현영 정혜림 황문정
디자인 김하얀 | 저작권 박지영 형소진 최은진 오서영
마케팅 정민호 서지화 한민아 이민경 안남영 왕지경 정경주 김수인 김혜원 김하연 김예진
브랜딩 함유지 함근아 박민재 김희숙 이송이 박다솔 조다현 정승민 배진성
제작 강신은 김동욱 이순호 | 제작처 천광인쇄사(인쇄) 신안제책사(제본)

펴낸곳 (주)문학동네 | 펴낸이 김소영
출판등록 1993년 10월 22일 제2003-000045호
주소 10881 경기도 파주시 회동길 210
전자우편 editor@munhak.com | 대표전화 031)955-8888 | 팩스 031)955-8855
문의전화 031)955-1927(마케팅), 031)955-2684(편집)
문학동네카페 http://cafe.naver.com/mhdn
인스타그램 @munhakdongne | 트위터 @munhakdongne
북클럽문학동네 http://bookclubmunhak.com

ISBN 979-11-416-0684-8 03840

잘못된 책은 구입하신 서점에서 교환해드립니다.
기타 교환 문의 031)955-2661, 3580

www.munhak.com